Genshi BOOKS 言視BOOKS

JN324473

いきなり**作詞**ができてしまう本！
80年代ヒット曲がお手本

はじめに―― 1980 年代のヒット曲がお手本

　この本を今、手に取ってくださっているあなたへ。
　うっかりこの本を購入、または立ち読みしている理由は、「作詞家になりたい！」「作詞なら私にもできるんじゃないかな」「なんでもいいから書いてみたい！」「死ぬまでに1曲でいいから自分の作詞した歌を聴いてみたい！」などなど、さまざまだと思います。
　けれど、みなさんにはひとつ共通点がありますよね。

　"**書くことが好き**" じゃないですか？
　さらに、**音楽が、歌が、好き**ですよね？
　子供の頃、**替え歌遊び**をしたことがありますよね？

　だとしたら、作詞はできます。
　だって日本語を理解し、喋っているんですから。
　作詞には難しいルールや、こうしなければいけないという決まりはありません。最終的に歌として完成させればいいだけです。

　そもそも作詞というと、何か特別な世界を描かなければいけないと思っている人も多いのですが、そんなことはありません。

　ヒット曲の多くは、誰もが経験したことのある、わりとよくある話を描いています。

　ホントですって！　あなたも私も、そして多くの人が「うんうん、わかるわかる」や「その通り！」と共感したからこそのヒットです。
　つまり、とっても身近なお話だということなんですね。
　そして、その多くは「キラリと光る」もしくは「グサリと刺さる」ワン・フレーズでリスナーを共感や感動、驚嘆へと導いています。

私たちの心をとらえたヒット曲の歌詞を繙(ひもと)けば、作詞のヒントがみえてくる！

　というわけで、老若男女誰もが口ずさめたヒット曲がたくさん誕生した**1980年代のヒット曲に焦点をあててみました。**

　寝たフリしているあなたの作詞脳を刺激して、あなただけのフレーズを作ってみてください。

【この本の使い方】

　まずは≪基本のあれこれ≫から順番にページを開き、歌詞の成り立ちや用語について、なんとなくでいいので頭の中に入れていってください。

　《ヒット曲》に進むと、ところどころにワークシートが置いてありますので、思いつくまま書き綴ってくださいね。あまり深く考えず、"素の言葉"を吐きだすような気持ちで。

　ワークシートをすべて終えるころには、たくさんの言葉があなただけのフレーズとして誕生していると思います。

　その中から「詞にしてみたい！」あるいは「詞になりそう！」というフレーズを抽出したら、《組み立て》ページをオープン！ リードに沿ってとにかく描いてみましょう。

　荒削りでもデコボコでもOK。ためらうことはありません。今は「描きたい！」という"熱"を大切に。

　すると、あらあらどうでしょう、歌詞が完成しちゃいましたね♪

　もちろん、ある程度作詞に慣れた方なら、《ヒット曲》から読み進んでいただいてもかまいませんし、必要な項目を必要なときにチェックするという使い方もアリです。

　ひとつお願いがあるとすれば、イメージを膨らませながら読んで欲しいということだけ。

「ここには〇〇と書いてあるけど、私は××だと思うわ」

「たしかにあのヒット曲の〇〇というフレーズは素晴らしいけど、俺なら××と描くなあ」などなど。

　想像することを楽しみながら、あなただけの言葉を紡いでください。

目次

はじめに──1980年代のヒット曲がお手本　3

0 ▼ 作詞の基本のあれこれ　8

テーマ選び　8
起承転結は作詞でも有効　12
一般的な曲の構成とサビ　16
スタートは、子供の頃によくやった替え歌気分で！　22

1980年代ヒットが教えてくれる 1 ▼ 作詞のきっかけづくり　24

私のおはなしソング　25
　【あなたを・もっと・知りたくて／薬師丸ひろ子】　25
　【ろくなもんじゃねえ／長渕剛】　27
　【さよなら／オフコース】　30
お願いソング　33
　【セーラー服を脱がさないで／おニャン子クラブ】　33
　【メモリーグラス／堀江淳】　36
　【キッスは目にして！／THE VENUS】　38
お名前ソング　41
　【ＳＡＣＨＩＫＯ／ばんばひろふみ】　41
　【ゆうこ／村下孝蔵】　42
　【ジュリアに傷心／チェッカーズ】　46

1980年代ヒットが教えてくれる 2 ▼ 自分ならではの視点　49

発見ソング　50
　【真珠のピアス／松任谷由実】　50
　【ＤＥＳＴＩＮＹ／松任谷由実】　53
　【悪女／中島みゆき】　56
卒業ソング　59

【贈る言葉／海援隊】　59
　　　【卒業／斉藤由貴】　61
　　　【春なのに／柏原芳恵】　64
　　ウェディング・ソング　67
　　　【乾杯／長渕剛】　67
　　　【ウエディング・ベル／Sugar】　69
　　　【娘よ／芦屋雁之助】　70

1980年代ヒットが教えてくれる3▼舞台とシチュエーション　73

　　上京ソング　74
　　　【とんぼ／長渕剛】　74
　　　【俺ら東京さ行ぐだ／吉幾三】　77
　　　【木綿のハンカチーフ／太田裕美】　78
　　街ソング　81
　　　【TOKIO／沢田研二】　81
　　　【六本木心中／アン・ルイス】　83
　　　【雨の西麻布／とんねるず】　85
　　魅惑の仕草ソング　87
　　　【恋におちて―Fall in love―／小林明子】　87
　　　【TAXI／鈴木聖美 with Rats & Star】　89
　　　【赤いスイートピー／松田聖子】　92
　　クリスマス・ソング　94
　　　【シャ・ラ・ラ／サザンオールスターズ】　94
　　　【恋人がサンタクロース／松任谷由実】　95
　　　【クリスマス・イブ／山下達郎】　96

1980年代ヒットが教えてくれる4▼作詞脳のつくり方　99

　　青春ソング　100
　　　【ガラスの十代／光GENJI】　100
　　　【Diamonds／プリンセス・プリンセス】　101

【１５の夜／尾崎豊】　102
　　インパクト・ソング　106
　　　【リゾ・ラバ～ resort lovers ～／爆風スランプ】　106
　　　【Ｒｏｍａｎｔｉｃが止まらない／Ｃ‐Ｃ‐Ｂ】　107
　　　【Ｃ調言葉に御用心／サザンオールスターズ】　108

5▼できたフレーズを詞として組み立てる　112

　　1　サビから描く〈おすすめ！〉　112
　　2　テーマから描く　114
　　3　キャラクターから描く　116
　　4　タイトルから描く　117
　　5　冒頭フレーズから描く　118

6▼本書のステップに沿って作品を１つ仕上げる　119

7▼ボキャブラリーを増やす訓練法　124

8▼プロになるには　129

あとがき　136

後から読んでもいい
0▼作詞の基本のあれこれ

　いわゆる**作詞の基本**です。かたいことを言い出すとキリがないし、理詰めで考えると一気に楽しくなくなっちゃったりもするので、「基本なんて面倒だー」という人は、心置きなく「ヒット曲」に飛んでください。そのうえでもし、基本的なことが気になるようだったら、ここに戻ってきてください。それでぜんぜん OK！　だって、この本は**楽しみながら作詞しちゃいましょ**うという本ですから。
　あなたのお帰りが3日後、いえ、3年先になろうとも、キリンさんのように首を長くして待ってます。必ず役立つ知識ですから。

テーマ選び

　さあ、詞を書きましょう！　といっても「じゃあ何を書く？」というところで立ち止まってしまう人は多いと思います。そんなことおかまいなしに、ツラツラツラ～とフレーズが生まれてくる人はそのまま書き連ねてみるのもいいでしょう。だって、作詞には「こうじゃなきゃダメ」という決まりは何もないんですから。自分がいちばんやりやすい方法で自由にスタートすればいいんです。大好きな歌の替え歌を創ってみよう！とかでもかまわないと思います。
　もちろんテーマはとても重要ですし、プロになれば、プロデューサーや作曲家から「こういうテーマで書いてください」という要望に応えなければいけないことも多くなるでしょうが、そこはほれアマチュアの強み。まずは好きなように書いてみる。作詞を楽しいと思えることが大切です。
　ただ、書いてみたいと思ってはいても、何を書けばいいかわからないという人は、「あらかじめテーマを決めておくとスムーズ」程度の楽な気持ちで

読んでみてください。

▼テーマってなに？

　テーマとは「その作品を通して何を伝えたいか」ということ。つまり軸のようなものです。

　ここさえしっかりしていれば、ある程度のよそ見や寄り道は許されるので、できるだけ丁寧に考えたいところです。

　「愛」「人生」「青春」「出会い」「別れ」など、大きなテーマとなるものは実際そう多くはありません。

　だけど世の中には無数のラブソングがあり、さまざまな人生を綴った歌がある。これはどういうことでしょう？

　そうです、作者によって観点が違うからです。同じ愛でも、それを表現する人の見方・考え方によっておのずと違う作品が生まれるということなのです。

▼たとえば、愛をテーマにしてみる

　作詞をするのがはじめてという人の場合、やはりラブ・ソングがとっつきやすいと思いますので、愛についての作品を書くと仮定します。

　しかしだからといって、「よし、作品のテーマは"愛"でいこう！」というのは安易です。

　たしかに大きなテーマではありますが、「愛」だけでは漠然としすぎていて、男女の愛なのか、家族愛なのか、もしくはペットに対する愛なのかさっぱりわかりません。いざ書こうと思っても物語の舞台も主人公も思い浮かばないし、たとえ書けたとしても、ほんやりした誰の共感も得られないものになってしまいそうです。

　愛といえば、男女の愛、家族愛、兄弟愛、人類愛などなど、いろいろなものがありますよね。

　あなたが今、いちばん身近に感じているのはどんな愛ですか？

　家族に問題が生じている人は、家族愛。世界のどこかで今も起きている争いを憂いている人は人類愛と、これまたそれぞれに思い浮かべる愛も違うで

しょう。もっと具体的に考えてみる必要があります。

▼しぼりこんで「失恋」にした場合

　というわけで、ここではわかりやすく「男女の愛」で考えてみましょう。
　男女の愛にはどんなドラマ（局面）があるでしょうか。
　出会い、片想い、告白、失恋、別れ、再会、結婚、裏切り、純愛、略奪愛などなど、ほんとうにたくさんのドラマがあります。
　どれをとっても絵になりそうですが、心情を吐露しやすいのは「失恋」かなということで、「失恋」を選んでみましょう。
　失恋。
　つらいですね、悲しいですね。
　しかし、事実をありのまま愚痴ってばかりいる歌詞では誰の心も動かせません。友達との長電話と変わりませんから。
　「うんうん、わかるわかる、かわいそうに～」と、応えながら相手はうんざりしています。
　事実を伝えるだけでは歌詞にはならないのです。そこにあなたなりの考え方、ものの見方が入ってやっと作品と呼べるものになります。
　だからといって難しく考える必要はないんですよ。
　失恋をしたとき、自分はどう感じるか、何にすがろうとするか、もしくは開き直るか。失恋の先、あるいは奥にあるものを考えてみてください。

▼そうです！今こそ、あの手痛い失恋を昇華させるときです!!

　その失恋はどこに向かうのか？
　つまり、大きく分ければ、**失恋して立ち直れない人を描くのか、失恋を乗り越えた人の希望を描くのか**ということです。
　とりあげたいことの**入口と出口**みたいなものを考えます。具体的にはこんな感じです。

◆ネガティブ

＜入口＞失恋→＜出口＞二度と恋なんてしない
＜入口＞失恋→＜出口＞復縁を待ち続ける
＜入口＞失恋→＜出口＞死んでしまいたい

◆ポジティブ

＜入口＞失恋→＜出口＞仕事に専念しよう！
＜入口＞失恋→＜出口＞友達と飲んで騒いで忘れよう！
＜入口＞失恋→＜出口＞もっとイイ男を見つけてやる！

　ネガティブとポジティブ、どちらを選ぶかは自分次第。**どんな出口にするかに、あなたらしさが表われます。**どちらでもないケースもあるでしょう。ですが、その微妙な心の揺れを表現するのは、初心者にはちょっと難しいかもしれません。まずは書きやすさ重視ということで。より身近な考え方、もっというと経験から選べばいいのです。

　着地点さえ決まれば、あとは簡単です。
　その物語に沿ったストーリーをイメージし、詞に託していけばいいのです。

【注意！】
　テーマは感じてもらうものです。
　たとえば、失恋から立ち直ることがテーマだとしても、「こうして私は失恋から立ち直ったのよ」などと、安易に白状しないようにしましょう。

起承転結は作詞でも有効

　小学校のとき、作文の授業で口を酸っぱくして言われた「起承転結」。
　作文に限らず、作詞、エッセイ、コラム、小説、ドラマ、映画など、世の中のフィクションはすべて起承転結から成り立っています。
　ひょっとすると、ノンフィクションの世界でも大事なことかもしれません。
「あいつの話、オチがないからつまんない」
　こんな台詞、よく聞きませんか？
　状況を説明し、起きた事実だけを語ったところで話が終わる。聞いているほうは拍子抜けです。
「で？」
　一斉に突っ込みを入れられてしまいます。
　あたりまえですが、「**転結**」がない話はつまらないのです。
「転」とはつまりクライマックス、いちばん盛り上がるところですね。会話でいうと、「言いたいこと」にあたります。
　この言いたいことを伝えるために、「起」で登場人物や状況を説明し、「承」で「起」の補足や情景、あるいは心情をポツポツと語り盛り上げていく。特に意識をしなくとも、気の利いた人はそんなふうに喋ります。

▼詞のもとになる「お話」を起承転結で考えてみる

　たとえば、「昨夜行ったバーで超イイ女に会った」という話。

(起)	仕事帰り、最寄駅を出たところで突然雨に降られてさ。 あいにく傘も持ってなかったんで、 いつもは素通りしているバーに入ったんだよ。
(承)	メニューは少ないし、マスターも愛想がない。 嫌な店に入っちゃったな、1杯飲んだら店を出ようなんて ぼんやり考えていたそのとき！
(転)	ドアベルが鳴って、黒髪のめっちゃイイ女が入ってきてさ、 ニッコリと俺に微笑みかけるじゃない。 しかも、「そこ、いいですか？」なんて隣に座ってくれちゃって―。
(結)	俺、もう一気にテンションがあがっちゃって、 二杯目の酒を注文しちゃったよ。

このような流れでしょうか。

この場合、彼が言いたいのは「イイ女と会って、テンションがあがった（楽しかった！）」ということですね。

そのことを伝えるために、なぜそのバーに入ったのか、どんなバーだったのかを説明しています。

もちろん、「イイ女に会ってドキドキした」の1行で済ませてもいいのでしょうが、それだけじゃ状況も気持ちも伝わらず、楽しい話にもなりません。

もちろん、この話には2番があるでしょう。そのあと二人がどうなったか、です。

気になりますね〜。

ですが、それはちょっと置いておいて、起承転結の話を再開しましょう。

話にオチがない人は別として、**ほとんどの人がある程度の起承転結を自然と身につけている**と思います。

歌詞の場合も同じです。「言いたいこと＝転（＆結）＝サビ」をより盛り上げるために起承があると考えればいいのです。

▼「お話」を歌詞に変換する

では、ここでちょっとイイ女に会ってテンションが上がった話を歌詞風に変換してみましょう。

タイトル「雨のアフロディーテ」

Aメロ（起）
　　いつもの改札を出たらあいにくの雨
　　泣いているようなネオンライトが気にかかる
　　古い看板　Barアフロディーテ

Bメロ（承）
　　滑り込んだカウンターの安い椅子
　　無口なマスター　メニューはチーズだけって？
　　雨に降られて歩くほうがマシだったかな

サビ（転結）
　　アフロディーテ　だけど夜は突然鐘を鳴らし
　　アフロディーテ　行きずりの女神を僕に差し出した
　　黒髪をかきあげ　僕の隣で微笑むキミと
　　今夜　どの星に行こうか

　要はイイ女に会ってテンションが上がったということが言いたいわけですから、端折るところは端折る。脚色も加えます。
　この男性にとって彼女は女神のように見えたのでは？という想像から、お店の名前を美と愛欲の女神「アフロディーテ」にしてみました。

0 ▶ 作詞の基本のあれこれ　15

一般的な曲の構成とサビ

ここで一般的な曲の構成を図示しておきます。

1番				間奏	2番			間奏			
イントロ	Aメロ	Bメロ	サビ		Aメロ	Bメロ	サビ		Cメロ	サビ	アウトロ

Aメロは歌い出しの部分

通常、歌は**Aメロ**、**Bメロ**、**サビ**からなっています。
起承にあたる部分がA＆B、転結部分がサビにあたります。

歌詞の作りとしては、A＆Bで物語の舞台や状況を語り、聴く人を歌詞世界に引きずり込み、サビの印象を強めるというのが一般的です。
前述したように、これは普段の会話でも同じです。もちろん例外はありますが、誰かに何かを伝えたいときに一生懸命その前フリをする、それがA・Bの役割だと思ってください。
つまり、A・Bが上手に機能していないとサビが生きてこないということですね。
逆に言えば、サビで言いたいことがしっかり決まっていれば、おのずとA・Bは生まれるということでもあります。

ポイントは、**いつ**、**誰が**、**誰と**、**どこで**、**なにをして**、**どうなったか**をわかりやすく伝えること。作文と同じですね。だからといってぜんぶ説明してはダメですよ。あくまでも"詞的に伝える"ということです。
ちょっと違うとすれば、「どうなったか」は聴く人の想像にまかせるのもアリ！だということです。

▼サビ──ポイントは２つ

　起承転結でもお話ししたように、**歌の要はやはりサビ**です。
　サビをいかに印象深いものにするかが、作詞の肝。プロで言えば、売れるか売れないかのカギになるといっても過言ではないでしょう。
　たとえば街を歩いているとき、どこかのお店から流れてくる歌。
　居酒屋でわいわい飲んでいるとき、有線放送から流れてくる歌。
　キッチンで料理をしているとき、リビングのテレビから漏れ聴こえてくる歌。
　日常生活で、何気なく耳に入ってくる歌ってけっこうありますが、思わず耳を傾けてしまう歌はそんなに多くありません。
　歌が流れているのはわかるけど、何を言っているかまでは聴く気にならない。どこにも引っかからず流れていくことのほうが多いと思いませんか？
　そんな中で「ん？」と**心に引っかかるフレーズ**は、多くの場合、サビの部分です。なぜなら、そこがいちばん伝えたいところであるため、音楽のトーンがあがる、もしくは変わるように作られているから。

　だとしたら！ここに重きを置くのが当然のこと。
　誰かの耳に残りますように。
　誰かの心に引っかかりますように。
　渾身の一発を決めたいところです。

　サビの歌詞を書くにあたり、**最重要ポイントは２つ**です。

ポイント

★もっとも伝えたいこと、あるいは気持ちを表現する

★誰でも知っているわかりやすい言葉で！

０▶作詞の基本のあれこれ

せっかく目立つ部分なのに、やたら難しい言葉を使っていてはちっとも心に沁みてきません。もちろん、逆に難しい言葉、聞いたこともないような言葉を使ってリスナーの気を引くというやり方もあるにはありますが、それはかなりハイレベルなテクニックを必要とします。ある程度作詞に慣れてから挑戦したほうがいいでしょう。

▼共感してもらうには

　わかるわかる！　うんうん！　そうなんだよね～。
　歌を聴いた人が、**歌詞世界の主人公と同じ気持ちを共有する**。これが共感ですね。
　"共感"というのは強力な武器です。だからといって作品まるごとすっぽり共感してもらう必要はありません。そもそも何から何まで"他人と同じ"だなんて奇跡に近いこと。
　これは歌の持つ特殊性とでも言いましょうか。**どこか1フレーズでも共感できると**、人は「ん？」と耳を傾け、自分の経験から自分なりの世界を思い描くものなのです。心当たりがあるでしょう？
　いちばん目立つサビが、共感部分であればなおさらです。
　聴くだけじゃ飽き足らず、カラオケで熱唱すらしたくなります。普段は照れくさくて口にできない言葉も、歌であればサラッと、あるいはじっくりと伝えられるから。伝えたい相手に向かって歌わなくてもいいんです。そのフレーズを発するだけで、なぜかすっきりしたりするのが人の常です。
　はい！ ここ注目です。
　これこそ、**あなた自身の経験や願望、あるいは叫びを歌詞にする効用**です。
　あなたが誰かに、あるいは自分に対して伝えたいことが、他の誰かとシンクロすれば。そして、そのシンクロ率が高ければ高いほど、その歌詞は誰かの代弁者になりうるということなのです。
　つまり、より多くの共感を得るためには、特異な話は不必要。平凡でありきたりな、わりと**よくあるお話が実用的**ということなのです。

▼言葉の引き算

　小説は足し算、作詞は引き算とよく言われますが、言葉をそぎ落とし、よりシンプルに伝えるということも大切です。
　もちろん例外はたくさんありますが、訓練として常に「**もっとシンプルに伝えられないか？**」ということを念頭に置いてみてください。

　たとえばあなたが誰かから告白されるとして、胸に響く言葉はなんですか？
　あれこれ飾り立てた言葉より、渾身の力で「好き！」と言われたほうがドキッとしませんか？　え？　人それぞれ？　たしかに。
　そうなんです、そこが個性の発揮どころ。

　いいえ、私はまわりくどくモジモジ告白されたほうがいいわ。
　俺は、真っ赤な頬した女の子に「大キライ！」とか言われたほうがキュンとするぜ。などなど。

　どんなパターンでもOK！
　自分のベストを研ぎ澄ましていきましょう。

言葉をそぎ落としてシンプルに

例）
枕の下に写真を入れて寝るぐらいあなたが好き
　　　↓　　　〈↓つまりはこういうことだよね〉
夢に見たいと願うほどあなたが好き
　　　↓　　　〈↓わざわざ好きと言わなくてもこれだけで好きは伝わるかな？〉
夢でも逢いたい

これはあとで説明するメロディー先行（メロディーに詞をのせていく技法）の作詞にも役立ちます。決まった文字数の中にきっちり言葉を当てはめていく場合、どうしても短い表現を探さなくてはならなくなりますから。

普段から意識しておいたほうがいいことのひとつです。

▼情景描写

聴く人を歌世界にすんなりいざなうためにも情景描写は非常に大切です。メッセージ性の強い歌などでは、情景描写をあえてしないものもありますが、これがうまくいくと、書くことが楽しくなるので、ぜひ積極的に描いてみてください。

> 情景描写のポイント
> **映像が思い浮かぶように**

情景描写が上手な人は「ん？　この人できるなっ」と思われる傾向があります。耳で聴いて映像が思い浮かぶ、しかも説明的じゃなく詞的なフレーズで情景を語ることは、想像以上に難しいのです。

まずは具体的な場所や場面を設定したうえで、詞的フレーズに塗り替えていきましょう（具体的には、このあとのパートで）。

また、ほとんどの場合、**情景描写は歌の出だし（Aメロ）に用いられます**。ここでいきなり難しい言葉を使うと、聴く人のイメージの膨らみが止まってしまいます。

わかりやすい言葉で、"でしゃばらずそっとさりげなく"聴く人に映像をイメージさせるような工夫が必要です。

▼ハメコミ

作詞には曲先行と詞先行というふたつの技法があります。

曲先行：作曲が先に行なわれ、メロディーに詞をはめこんでいく
詞先行：作詞が先に行なわれ、詞にメロディーをつけていく

作詞作曲どちらも行なう人やシンガー・ソング・ライターには詞と曲が同時に生まれるという人も多いのですが、分業で歌が作られる場合は曲先行か詞先行のどちらかになります。

　どちらが良いとか正解とかはありません。どちらにも長所短所があるし、作曲家にしろ作詞家にしろ得手不得手があります。もしあなたが本気でプロの作詞家を目指しているのであれば、どちらにも対応できなければなりません。

曲先行はメロ先、ハメコミとも呼ばれます！

詞先	長所：文字数に制限がなく自由に書けるため、伝えたいことを表現しやすい。 詞のイメージに沿ってメロディーを作るため、キャッチーな曲が生まれやすい。 ＊昭和の歌謡曲がキャッチーで覚えやすいのは、詞先作品が多いためと言われています。 短所：文字数にもイメージにも制約がないことで、逆に何を書いていいのかわからないという人が多い。
メロ先	長所：曲のイメージに合わせて作詞するため、何を書けばいいかわからないということがない。 詞さえ乗せれば歌として完成するので充実感がある。 短所：文字数制限などがあり言葉の選択肢が狭くなる。そのため、独創的な詞にするには相当のボキャブラリーが必要。

　今の音楽は、そのほとんどが曲先行で作られています。
　はじめて作詞をする方はまず詞先行で練習することをおすすめしますが、曲先行のポイントぐらいは抑えておいたほうがいいでしょう。

スタートは、子供の頃によくやった替え歌気分で！

まずやるべきこと！

①何度も何度も曲を聴いて、**メロディーを覚えること**。鼻歌でふふふんと歌えるぐらいになるのがベストです。
　曲先行の場合、リズム、テンポ、メロディー、文字数にしっかり合わせて作詞しなければならないため、あらかじめ曲を体に染みこませておいたほうがあとあと楽なんですよ。

②次に**構成を読み取ります**。同じメロディーの部分を探し出すと、Ａメロ、Ｂメロ、サビがわかります。

　Ａ→Ｂ→サビ
　Ａ→Ｂ→サビ
　　　Ｃ→サビ＊

　サビ→
　Ａ→Ｂ→サビ
　Ａ→Ｂ→サビ→サビ

など、こんな感じでそれぞれ違う構成になっています。
　＊Ｃメロ：それまでとはまったく違うメロディーで、あったりなかったりする。

③次は、**フレーズごとの字脚**を数えます。

> **字脚って？**
> じあし、じきゃくと呼ばれています。
> 簡単に言うと、"言葉の音数"のこと。
> 以下にように数えます。
>
> 　　あなたを　このまま　箱詰めしたい。
> 　　　（4）　　（4）　　　（7）

　この字脚に合わせて作詞をしていくのですが、最初の段階ではあまり字脚を意識せず、メロディーから受ける印象やあなたのイメージで詞を書いてみましょう。
　字脚を整えるのはテーマやイメージが明確になってからでOKです。
　またメロディーの抑揚によっては、歌詞のイントネーションが合わないこともあります。必ず自分で歌いながらはめ込んでいきましょう。

1980年代ヒット曲が教えてくれる
1▼ 作詞のきっかけづくり

　さて、いきなり作詞してみましょう！と言われても、「え？　何を書けばいいの？」「私のまわりには歌になりそうな題材なんて転がってないんだけど」という人が大多数でしょう。

　作詞というと何か特別で壮大なことを表現しなくちゃならないような気がしますが、実はごく身近なことを歌っている作品が多いのです。

　たとえば今この本を読みながら、あなたは何を考えていますか？

　「ホントにできるの？」「無理〜無理〜」あるいは「よし、私ならできる！」などなど、さまざまな心のつぶやきがあるはずです。

　歌が人の心に寄り添うものである以上、愚痴、ボヤキ、ひとり言、捨て台詞などなど、**すべてが作詞のきっかけになります。**

　「あー、それつい言っちゃう！」、「それ、私が言いたかったこと！」と思わせたらこっちのもの。

　まずは、いちばん身近な"自分のこと"からスタートしてみましょう。

　80年代のヒット曲を参考にしていくと、**あなただけの1フレーズ**がきっと見つかります！

　歌詞を忘れちゃったという人は、ＰＣかスマホで「タイトル、歌詞」と入れて検索してみてください。無料の歌詞サイトで全曲すぐに見つかります。

私のおはなしソング
わりとよくある「私のお話」を歌詞に

【あなたを・もっと・知りたくて／薬師丸ひろ子】

　1985年7月3日に発売された薬師丸ひろ子さんの通算5枚目のシングル。
　作詞：松本隆さん、作曲：筒美京平さんのゴールデン・コンビによって作られたラブ・ソングです。
　NTTのキャンペーン・ソングにも起用されたので、記憶に残っている人も多いのではないでしょうか。曲中に固定電話の呼出音が鳴ったり、「もしもし私、誰だかわかる？」なんて台詞が入ったり、電話というアイテムがとても効果的に使われていたのが印象に残っています。
　遠距離恋愛の恋人たち。半年か一年か、あるいはもう少し月日が経っているのでしょうか。心の距離も少しずつ遠くなってきている、そんな状態に見受けられます。

　あなたをもっと知りたくて。

　離れているけど、いや、離れているからこそ、あなたが今何をしているのか、何を考えているのか、私のことをどう思っているか知りたい。そんな想いでしょう。
　寂しくはないけど、会えないと忘れそうとつぶやく主人公。距離と同じく、少しずつ離れていく二人の心を不安に感じ、長電話していた恋のはじまりに戻りたいとつぶやきます。これって恋する乙女なら誰にでも理解できる心理じゃないですか。
　さらに、この作品でスパイスを利かせているのが「もしもし私、誰だかわかる？」という問いかけです。

言ったことありますよね？
　このフレーズには、「わかってもらえるはず」という自信と「わかってもらえなかったらどうしよう」という不安の中で揺れる女心が見え隠れしています。
　が、この際心理は置いておきましょう。言ったことがある。あるいは言われたことがある、ここが大事です。
　この1フレーズがあることで、歌がより聴く人の"私のおはなし"に近づくのです。

■ IN PUT：この曲から学ぶポイント

あなたをもっと知りたい。

　口にはしないまでも、一度くらいはこんなことを考えて悶々と夜を過ごした経験があるんじゃないでしょうか。
　このフレーズを見て、パッと連想するのはやはり恋のはじまりですね。
　好きになるとその相手のことをもっと知りたくなる。どんな食べ物が好きなんだろう？　どんな人がタイプなんだろう？　癖は？　寝相は？　シャンプーは何を使ってるの？　などなど、大事なことから「え、それ必要？」というぐらいどうでもいいことまで、何から何まで気になります。
　まあ、好きになりすぎると「知らなきゃよかった！」残念な事実も発覚してくるでしょうが、それについてはまぁ、置いておいて。
　状況は人それぞれでも、「あなたをもっと知りたい」という**フレーズがきっかけとなり、聴く人は自分の想いと重ねる**ことができます。つまり、誰もが抱いたことがある感情には**共感**しやすいのです。
　逆に言えば、特別な状況で起こった特別な事件は共感しづらいということにもなります。だからこそ、わりとよくある何気ない想いを歌詞にすることが大事なんですね。

■ OUT PUT：自分の言葉で表現してみよう

　今、誰かに対して抱いている想いはありませんか？

あなたのそばにいたい。
あなたを抱きしめたい。
あなたを離さない。

逆のパターンもありですよ。

あなたから逃げたい。
私を抱かないで。
あなたに縛られたい。

特別なことじゃない、誰もが抱きそうな想いでいいんです。

今夜はカレーが食べたいな。
明日、晴れるといいな。
うちの子、最強！
なんでもアリです。

　自分自身の想いを柱にすると、フィクションであれノンフィクションであれ、意外とスムーズに世界が広がったりするものです。

【ろくなもんじゃねえ／長渕剛】

　1987年5月25日にリリースされた長渕剛さんの16枚目のシングル。ご本人出演のテレビドラマ「親子ジグザグ」（1987年、TBS系列）の主題歌としても起用されました。
　10代の挫折や苦悩、苛立ちなど、捌け口のない感情を吐露するかのような本作。最後に爆発する「ろくなもんじゃねえ！」という叫びが強烈に響きました。

誰かを好きになって裏切られて、人を好きになるのが怖くなる。結局ひとりでいるのがいちばん楽じゃんと、わざわざひとりぼっちになったり。
　年を重ねれば面の皮も厚くなって、ちょっとした裏切りぐらいではへこたれない免疫もつくのですが……若さとは寂しいものなのかもしれませんね。
　ただ、いくら意地を張っても本心じゃありません。だからこそ、「ろくなもんじゃねえ！」と叫ばずにはいられなくなるのでしょう。
　鬱積した感情は何も若者だけのものではありません。会社員、主婦、教師、看護師、姑などなど、みんなそれぞれの立場で何かしらのストレスと闘っているものです。
　そういった意味でも本作は、年齢も職業も立場も越えて、鬱積した感情を抱えた人たちの叫びを代弁しました。

■ IN PUT：この曲から学ぶポイント

ろくなもんじゃねえ！

　会社帰りのお父さんが立ち飲み屋でコップ酒を片手につぶやく「ろくなもんじゃねえ」。
　片づけても片づけても部屋をちらかす子供たちにキレたお母さんが、ひとりキッチンで叫ぶ「ろくなもんじゃねえ！」。
　理不尽な上司にうっぷんがたまりまくりのＯＬさんが、給湯室で小さく叫ぶ「ろくなもんじゃねえ！」。
　いつ誰が叫んでもおかしくないフレーズですね。誰がいつ叫んでもおかしくないということは、誰しもが心の中にこんな叫びを抱えているということでもあります。
　もちろん、そんなドス黒い感情は持ち合わせていません！　と言い切れる聖人君子もいるでしょう。そんな人はその美しい想いを歌詞にすればいいのです。
　ですがたぶん、歌にしろ小説にしろ何かを表現したいという願望を持っている人には、誰かに言いたい、伝えたい叫びがあるはず。
　くっそー！と思ったときはすぐチェック。心の叫びに耳を傾けましょう。

OUTPUT ろくなもんじゃねえ

■ OUT PUT：自分の言葉で表現してみよう

　何かにすごく苛立ったとき、ムカついてムカついてしょうがないとき、あなたの心にこだまする叫びはどんなものですか？

ちっくしょー！
バーカバーカ！
今に見てろ！
お前の母さん、でーべーそ！！
このヘタレがっ！
地獄に落ちろ〜！

　などなど、まだまだたくさん出てきそうですね。
　いいんです、誰も聞いていませんから。この際、恨みつらみを爆発させ、憎いあんちくしょーを口汚く罵倒してみましょう。
　出てきた言葉や状況をそのまま歌詞にするのもアリ！　いや、これはもっと短いほうがインパクトあるかもと感じたら、**言葉をそぎ落としていきましょう**。
　たとえば、「このヘタレがっ！」。このままでも充分おもしろいのですが、簡潔に「ヘタレ！」にしたほうが、え？　何の話？　と興味をひくこともあります。
　どう料理するかはあなた次第なのです。

◉ 【さよなら／オフコース】

　1979年12月1日にリリースされたオフコース通算17枚目のシングル。
　12月発売のため、1980年に入ってからもチャートを賑わしたということで、あえて80年代ヒットに加えさせていただきました。
　意外かもしれませんが、オフコースにとって初のミリオンセラーとなった

本作。

　このときすでに「コンサートのオフコース」と呼ばれ、年間150本を超えるステージはどこへ行っても満杯だったオフコースですが、なぜかヒットチャートの上位に食い込むシングル曲がありませんでした。

　ヒットさせなければいけない！　そんな覚悟で作り、見事成就させた本作。これにより、オフコースはニューミュージックの代表的グループとして広く世間に知られることになりました。

　もう終わりだね……悲しげな歌い出しも印象的な本作。

　サビでは「さよなら」というシンプルなフレーズが繰り返され、一度聴いたら忘れられない魔力を秘めています。

　全編にわたって歌詞はシンプルなうえにミステリアスです。ただ、もうすぐ雪が降る季節がやってくるんだなということは強烈にイメージできます。お互いに愛し合っているようなのに、なぜ別れるのだろう？

　"誰かの胸に抱かれるかもしれないキミ" という表現からは、何らかの事情により彼女は他の誰かと結婚、あるいは交際することになったのではという想像もできます。

　詳しくを語らないからこそ、**聴く者の想像力をかきたてる**。小田和正さんの作る歌はそんなふうにしんしんと心に降ってくるものが多いような気がします。

■ IN PUT：この曲から学ぶポイント

「さよなら」の3回繰り返し。

　淀川長治さんの決め台詞のようでもありますね。ある程度の年齢以下の方にはわからないかもしれないので、一応解説を。淀川長治さんとは、約32年にわたって「日曜洋画劇場」の解説を務めた映画解説者。番組の終わりの「それでは次週をご期待ください。さよなら、さよなら、さよなら」という名セリフで人気を博しました。

　そういえば1970年に開催された日本万国博覧会（大阪万博）のテーマソング「世界の国からこんにちは」も「こんにちは　こんにちは」とこんにち

はを繰り返しています。
　話がそれましたが、**単純な挨拶も３度繰り返せば強力なインパクトを持つ**。作品の完成度はもちろんですが、この曲のヒットの要因のひとつとして、日本人なら誰でも使うシンプルな言葉の繰り返しがあるような気がします。

■ OUT PUT：自分の言葉で表現してみよう

　さよなら。

　この言葉を使ったことがない人はまずいないのではないでしょうか。一生のうち何千回、何万回と口にする言葉です。
　だってこれ、普通の挨拶ですから。
　それだけに身近だし、リスナーそれぞれのさよならをイメージできると思います。
　他にもたくさん挨拶はありますね。

　おはよう。
　こんにちは。
　こんばんは。
　おやすみなさい。
　はじめまして。
　「はい」や「いいえ」などのお返事もいいんじゃないですか。

　そういえば、オフコースには「YES‐NO」という歌もありましたね。さすが！　もちろん英語でも構いません。

　GOOD BYE、BYE BYE、HELLO、WELCOME。

　「おやすみなさい」からイメージするのはどんなことですか？
　恋人？　それとも田舎のおばあちゃん？　いちばんイメージが湧きそうな**挨拶を軸に、作詞をしてみるのもアリです。**

お願いソング
思わず口にしてしまう願いを歌詞に

【セーラー服を脱がさないで／おニャン子クラブ】

1985年7月5日にリリースされたおニャン子クラブのデビュー曲。

ほとんどの人がご存じだと思いますが、おニャン子クラブはフジテレビのテレビ番組『夕やけニャンニャン』から誕生したアイドルグループ。工藤静香さんや国生さゆりさんなどの人気アイドルを生み出したことでも記憶に残っていると思います。

番組コンセプトとして"放課後"が掲げられていたこともあり、メンバーは現役女子高生を中心に集められていました。つまり、リアルにセーラー服を着ている女子たちの集まりだったということですね。

高校生といえば、恋のひとつも経験済みのお年頃。

友達に「遅れてる〜」と笑われるのはイヤだし、エッチにも興味はある。

だけど、一線を越えるのはやっぱり怖い。

そりゃそうですよ。

だって、女の子はいつでも耳年増♪ですから！

そうとう痛いらしいよー。

直後はガニ股になるから、お母さんにすぐバレちゃうってさー。

などなど、さまざまな噂が飛び交っているのです。

知りたい、でも、怖い。

そんな揺れる乙女心を「セーラー服を脱がさないで」と表現するあたり、さすが秋元康さんだなぁと思うわけです。

■ IN PUT：この曲から学ぶポイント

セーラー服を脱がさないで。

これはちょっと飛び道具的なお願いですが、お願いは叫びと同様に歌詞にしやすいのです。
　なぜなら、あなたのお願いはわりと高確率で他の人のお願いとかぶるから。
　お金が欲しい？　美川憲一さんが「お金をちょうだい」（1971年）という歌を歌っていましたが、斬新でした。

　しあわせになりたい。

　これはほぼ100％の人が願っていることでしょう。共感は得やすいですが、それだけに多くのアーティストが歌っているテーマですね。
　そういうときは、さらに絞り込んで考えてみましょう。
　どうしあわせになりたいのか。何が自分にとってしあわせなのか。
　少し前に100％という言葉を使ったので、こんな感じは？

　100％しあわせになりたい。

　いやいや、もっと控え目にという人なら。

　あと3cmしあわせになりたい。

　などなど、あれこれ言葉を入れ替えてみてください。

■OUT PUT：自分の言葉で表現してみよう

　では、あなたの今の願いごとを並べてみましょう。なんでもいいんです。とにかく書き連ねることから発想が広がることも多いのですから。

　甘い物が食べたい。
　宝くじが当たりますように。

息子の受験がうまくいきますように。
昇進しますように。
小じわが消えますように。
彼が振り向いてくれますように。
若返りますように。
作詞家になれますように。
明日は晴れますように。

では、ここで変換練習です。
あまり深く考えず、思いつくまま書いてみてくださいね。

★ work sheet ①

1stインスピレーション	＋－パターン 言葉を足したり引いたりしてみる	逆さパターン 逆から考えてみる
サンプル） 明日は晴れますように	きっと晴れますように まぶしいくらい晴れますように	明日こそ雨が降りますように

【メモリーグラス／堀江淳】

　1981年4月2日に堀江淳さんがリリース、デビュー曲にして70万枚のヒットとなった堀江淳さんの代表作です。
　はじめてこの歌を聴いたとき、女性が歌っていると思った方も多いのではないでしょうか。かくいう私もその一人。男性だと知ったときは驚きました。ビジュアルも中性的でしたし、歌詞も「あたし」が主人公ですしね。そういったことも堀江さんのブレイクを後押ししたような気がしています。
　さて、「水割りをください」です。
　どうですか、この"酒場でいつでも使える、いや、むしろ使いたい"フレーズ！
　単純な注文のようでもありますが、この場合はその奥に「今夜は酔いたいの」という気持ちが込められています。
　誰にだって飲みたい、酔いたい夜はありますよね。そんなときにカラオケでこの歌を。といっても、当時はまだカラオケボックスは少なく、パブやスナックで他のお客様を前に歌っていたころです。
　カウンターに憂いを秘めた女がひとり。涙の数だけ水割りをくださいなんて……くぅ～、なんだかとっても色っぽい光景じゃありませんか。
　1981年といえば、アメリカで「女子差別撤廃条約」が発効された年です。
　日本でも女たちがメキメキと強くなりはじめていた時期、男性のものだった酒場にも女性たちが進出し始めます。
　そこに「あたし」が「水割りをください」ですよ。これほど時代にマッチした、みんなが歌いたくなる歌はなかなか生まれないと思います。
　余談ですが、堀江淳さんは現在「お湯割りをください」というタイトルのブログを書かれています。今はお湯割り派なんでしょうか。人間は進化する生き物です。

■ IN PUT：この曲から学ぶポイント

水割りをください。

　ちょっと暗めのバーのカウンターに似合いのフレーズです。今夜もきっとどこかのバーで誰かがこう言っているに違いありません。いや、誰かがどころじゃないですね。一晩に何千人、何万人の男女が水割りを注文しているはずですから。ひょっとすると自宅で奥さんに「すみません、水割りもらえますか？」なんてお願いしているご主人もいるかもしれません。
　聞き慣れたフレーズは、すっと心に入ってくるというメリットがあります。この曲のように「今夜は酔いたいの」的な哀愁を与える、つまり奥行を与えるのは、作詞家の力量ではありますが、まずはそのきっかけとなる言葉を探してみましょう。

■ OUT PUT：自分の言葉で表現してみよう

　練習として「ください」でアウトプットしてみましょう。
　まずは自分の「ください」から。

　おかわりをください。
　時間をください。
　言い訳を教えてください。
　あなたの心をください。
　休日をください。

　次に立場を変えてみますよ。

　（赤ちゃん）おっぱいをください。
　（子供）おもちゃを買ってください。
　（おじいさん）老後の安心をください。
　（カフェのお姉さん）帰ってください。
　（キャバ嬢）もっとお金を使ってください。

　まだまだいろいろ出てきそうですね。

【キッスは目にして！/ THE VENUS】

1981年7月25日に発売されたTHE VENUSのシングル。
ベートーヴェンの「エリーゼのために」を、オールディーズ風にアレンジした曲で、作詞は阿木燿子さん。1981年カネボウ化粧品秋のキャンペーン・ソングにも起用され、話題になりました。

キッスを目に？

これだけでもちょっとびっくりしますよね。目にキスをする習慣なんて当時の日本人にはなかったはずですから、たぶん。まあ、私の知らない世界にはあったかもしれませんが。

え。口唇ではなく、目？
キスを目にするとどうなるんだ？
なにかとんでもなくセクシーなことが起こるのか？
当時の子供たちはさぞドキドキしたことでしょう。

しかも冒頭が「罠、罠、罠に落ちそう」です。なにやら危険な恋っぽいですよと、あらかじめリスナーに印象付けたうえでの「キスして」発言。
これが肉食女子主流の現代であれば、あまり衝撃はないでしょうけれど、当時はまだ「女はおしとやかに」がまかり通っていた時代ですからね。
山口百恵さんに提供した作品たちといい、阿木燿子さんの作品は、この後訪れる女性の時代の先駆け的なかっこいい女性像を描いた作品が多いような気がします。

見逃してはならない**ポイント**は、「キス」を「キッス」と言ったことでしょう。言葉が弾んでいるのと同様、心まで弾みます。女子としては大胆な

ことを言っているのにいやらしくないんです。この曲はメロ先だったようなので、おのずと「キッス」になった可能性大ですが、いずれにしろ、こういう細かい部分にも気を遣いたいものです。

■ IN PUT：この曲から学ぶポイント

　肉食女子が増えた今ならさほど驚きはありませんが、当時「キスをして」とせがむ女子はかなり新鮮だったのではないでしょうか。
　アクティブに恋を楽しむ女性像に女子は憧れ、男子は「そんなこと言ってくれる子が現われて欲しいなあ」と、あらぬ妄想をくり返したに違いありません。
　そんなふうに、**誰かに言ったらきっと喜ばれるに違いないというフレーズ**を考えてみるのも楽しいものです。

　男性であれば、女性に何を言ったら「素敵！」と思われるか。
　女性であれば、男性にどういったら「イイ女！」と思われるか。
　あれこれ思いめぐらせてみましょう。何よりこれ、リアル恋愛でも役に立ちそうじゃないですか？

■ OUT PUT：自分の言葉で表現してみよう

　誰かにお願いしたら喜ばれそうな台詞を考えましょうと言っても、いきなり"誰か"相手は難しいですね。
　まずは彼氏や彼女、旦那さんや奥さんを喜ばせるお願いを取り出してみましょう。

　もっと愛して！
　私を好きになって。
　ずっと俺のそばにいてくれ。
　あなたのそばにいさせて。

　おおお、これはスムーズに出てきそうですね。では、もっと具体的なお願

いにしてみましょう。

1日3回キスをして。
寒い夜なら、私の隣で寝て欲しい。
明日も明後日も1年後も、笑顔を見せて。

ちょっとウザいお願いになってきましたか？
　練習ですから、ウザいくらいでちょうどいいんです。そのうちバランス感覚が身についてくるはずです。思いついたことをどんどん書いていきましょう。

OUTPUT ください

お名前ソング
いっそ自分や大好きな人のことを書いてみる！

【ＳＡＣＨＩＫＯ／　ばんばひろふみ】

1979年9月21日に発売されたばんばひろふみさんのシングルです。

　ＳＡＣＨＩＫＯは幸子ですね。どう考えても。
　当時はとても多かった名前です。娘の幸せを祈り、つけられた名前。それがどうしたことか、不幸な生き方をしている。意外性でしょうか？　いえ、そうではありません。この歌を聴いたとき、なぜか多くの人が納得してしまったのです。「あるある～」というアレです。
　私のまわりにも幸子は数人いましたが、なぜかおとなしい子が多く、薄幸そうに見えました。あくまでも印象ですけど。
　大人になって冷静に考えると、そもそも「幸子」人口が多かったのだから、幸せな人も不幸な人もそりゃ一定数いるわよね、という当たり前のことに気づくのですが、幼かった当時の私にこの歌は絶大なる説得力を持って響いたのです。
　この曲のヒットにより、全国のサチコという女性から「サチコっていう名前、嫌いだったけど、この歌を聴いて好きになった」といったファンレターが大量に寄せられたとのエピソードも残っているほど、世の中の幸子さんに影響を与えた曲です。

■IN PUT：この曲から学ぶポイント

　このように、名前の持つ印象を利用するのはたいへん有効です。
　たとえば「明美」だったら？　ちょっと夜の匂いがします。
　「美由紀」は？　なんとなくバイクの後ろにまたがってブイブイ言わせて

るっぽいですね〜、などなど。いえいえ、悪気はありません。あくまでも当時の個人的印象ですからね。

　今はキラキラネームなど、両親の思い入れの強い特殊な名前もあったりするため、名前の重複が少なくなってきたように感じます。

　この名前は○○な子が多いというイメージの共通化もなかなか難しいかもしれませんが、「あっ、この名前タイトルになりそう！」という名前を発見したら、使ってみてください。

■ OUT PUT：自分の言葉で表現してみよう

　最近生まれてくる女の子に名づけられる人気の名前は楓、結衣、咲希など、美しい漢字を使ったものが多いようです。

　ですが、これだと年齢的に現在3歳以下。ラブ・ソングのお相手には若すぎますね。だったらいっそ逆手にとって「楓」というタイトルで、生まれてきた赤ちゃんへの想いを綴るのもありでしょう。

　逆に、私は亡くなったおばあちゃんの名前「寅子」に思い入れがあるから、「寅子」で書いてみたい！という人がいれば、おばあちゃんの話を書けばいいんです。

【ゆうこ／村下孝蔵】

　とはいえ、幸子のように統一されたイメージのある名前にはなかなかお目にかかれません。

　そこで、1982年4月21日に発売された村下孝蔵さんの4枚目のシングル。

　ゆうこ。

　この名前も多かったですね〜。ひらがな表記なのは、さまざまなゆうこを連想して欲しいからでしょうか。

祐子、優子、夕子、悠子、由布子、木綿子……幸子と違ってゆうこにはたくさんの漢字が当てはまります。しかも、それぞれに印象が違うというかなり器用な名前です。
　統一されたイメージはないものの、「ゆうこ」という響きからは女らしい女性像が浮かび上がります。和服も似合いそうじゃないですか。

　さて、この歌詞の中のゆうこは、白い指先でピアノを弾く人、しかもショパン好きです。
　ショパンが好きな理由は「恋ができない私にお似合い」だから。
　このゆうこはたぶん華奢です。ピアノ、しかもショパンを弾くということから、なんとなくお嬢様なんじゃなかろうか？と想像できます。今は猫も杓子もピアノを習っていたりしますが、当時のピアノってハイソなお家の子供のものでしたからね。
　ゆうこはきっとつらい恋を経験したんですね。お嬢様にありがちな悲恋でしょうか。間違いなく相手の男が悪いのに、ゆうこは自分を責め、恋ができないのは自分に問題がある。なんならもう恋なんてしなくてもかまわないとすら思っている。そんな気がします。

　どうですか？　一気にイメージが広がりませんか？
　ゆうこ、白い指先、ショパン、恋ができない。たったこれだけのキーワードでどんな女性のことを歌っているのかだいたい想像できますよね。
　幸子のように名前だけでその人生を想像できるオールマイティさはありませんが、「ゆうこ」からイメージしやすい女性像を巧みに表現しています。
　共通のイメージが強くない、なんとなくぼんやりしたものの場合、「このゆうこは、こんな人ですよ」と、その人となりを構築していくのも作詞の楽しみのひとつです。

■ IN PUT：この曲から学ぶポイント

　さて、恋ができないゆうこに「言い出せない愛」を抱いている主人公。本作のサビは、その切ない思いを切々と歌いあげています。

作詞の基本でもお話ししましたが、サビをより盛り上げるために、その**状況や登場人物について紹介していくのがAメロ・Bメロの役割**です。
　そういう意味で、本作はかなり有意義なA・Bを展開していると思います。
　主人公がどんな女性、あるいは男性（この場合、ゆうこ）に想いを寄せているのか、愛しい人のキャラクターをうまく表現できるかが、サビの共感度アップのカギを握っているのです。

■ OUT PUT：自分の言葉で表現してみよう

　共通イメージのある名前を見つけるのが難しい場合、**名字を使うという手**もあります。
　たとえば「田中さん」。とても多い名字ですね。ただ名前と違って共通イメージを持ちにくい。だったら、同姓が多いことでいろいろ迷惑している**「田中さんの憂鬱」**というタイトルは？　などと展開させてみるのです。
　田中さんはどんなことで迷惑しているのでしょう？　もし、あなたが田中という名字であれば万々歳！　思い出してみてください。その他の人は、想像で。
　病院や銀行で名前を呼ばれたとき、必ず2〜3人立ち上がる。
　テレビのニュースで容疑者「田中なんちゃら」と報道されるたび、なぜか胸が痛む。
　カフェなどで近くに座っている人の会話の中に田中が出てくると妙に気になる。
　街を歩いていて「田中さん！」と呼ばれて振り向いたら、違う田中さんのことで、とても恥ずかしい思いをした。
　などなど。
　まあ、これだとコミック・ソングになりそうですが、それはそれでまた楽し！

OUTPUT 田中さん

1 ▶作詞のきっかけづくり

【ジュリアに傷心／チェッカーズ】

　1984年11月21日にリリースされたチェッカーズの5枚目のシングル。
　チェッカーズとしては最大のヒット曲であり、1985年度の年間オリコンチャートでも第1位を獲得しました。

　ジュリア。

　日本人なのかそうではないのかはっきりしません。まぁ、たぶん日本人でしょう。当時はまだ珍しかったのですが、「樹利亜」という名前の子もいたにはいましたし。ひょっとすると、夜遊びをするときの通り名的なものかもしれませんね。
　自らジュリアを名乗っているのか、彼女にお熱の男性たちが勝手にそう呼びはじめたのか。とにもかくにも、男心を狂わせるに値する魅力的な女性であることは確かです。

　俺たちは、都会で大事な何かを失くしてしまった。

　そう主人公が語っていることから、この二人は一緒に上京してきたことがわかります。
　だけど、彼女は都会でどんどん洗練されて、今は新しい彼の腕の中で踊っている。置いて行かれた感満載の主人公が、ジュリアへの想いを切々と歌いあげる本作。**傷心と書いて「ハートブレイク」**と読ませたのも、あの頃は新鮮でした。
　今はもう「ハートブレイク」という言葉自体が昭和の香りぷんぷんなので使えそうもありませんが、このように**自由に当て字**を使えるところも作詞の自由さですね。

地球（ほし）、宇宙（おおぞら）、過去（むかし）、季節（とき）、時間（とき）、閃光（ひかり）などなど、歌詞の世界にはたくさんの当て字が使われています。

耳で聴いて「とき」だったものが、歌詞を読んで「季節」だったりすると、「あーなるほどねー」と、一気に世界観が広がったり。言葉のセンスが問われるテクニックではありますが、作詞に慣れてきたらチャレンジしてもいいかもしれません。

■ IN PUT：この曲から学ぶポイント

さて、「SACHIKO」といい、「ゆうこ」といい、「ジュリア」といい、名前をタイトルにした歌は、その女性への切ない想いを綴ったものが多いですね。

それもそのはず、タイトルはやはりその作品の言いたいこと、つまりテーマと直結している部分があって、歌詞中のどのフレーズを切り取ってもタイトルの断片であるはずなのです。

だからこそ、彼女たちの魅力をわかってもらうために、あの手この手でリスナーにイメージしてもらう。

彼女のことをこんなに好きな僕（主人公）の気持ちに共感してもらうため、です。

あなたも大好きな人の名前で歌詞を書いてみませんか？

大好きだからこそ、彼女の、もしくは彼の魅力が輝くでしょうし、大好きって気持ちも表現しやすいはずです。

■ OUT PUT：自分の言葉で表現してみよう

名前からキャラクターを連想してみましょう。

詞をあまり意識せず、思いつくままに。

その人の断片を並べたあと、詞的表現に近づくよう考えていけばいいのです。

1 ▶作詞のきっかけづくり

★ work sheet ②

名前	容姿	癖	過去
サンプル）サキ	切れ長の目、まつ毛がながい、ショートカット、良い香りがする	不安なとき右側に深く首をかしげる　うれしいとき、何度もうなづく　口癖は「いいの？」	父親を不幸な事故でなくしている　学費を稼ぐため、水商売のバイトをしたことがある

1980年代ヒット曲が教えてくれる
2▼自分ならではの視点

　作詞だけでなく、小説、絵画、デザインなどなど、あらゆる創作において「オリジナリティが大事だ！」と言われます。
　いやいやいや、それはわかってるよ。でも、どうすりゃいいんだ？というのが大多数の意見でしょう。実際、頭でわかっていても難しいですけどね。簡単に言うと、あなたならではの発想をするということ。**あなたならではの視点で世界を見て、描く、**ということです。
　たとえば、昔話の「金太郎」。
　金太郎は毎日、動物たちと相撲をして遊んでいます。
「はっけよい、のこった、のこった」
「金太郎、がんばれ、クマさんも負けるな」
　だけど、勝つのはいつも金太郎。大きな体をしている癖に、クマさんは金太郎にかないません。
　この話をヒントに「銀太朗」という腕っぷしの強い男の子の物語を描いても、やっぱり模倣の域を出られません。
　では、視点を変えて。
　がんばってもがんばっても金太郎にかなわない"**クマの視点で物語を描く**"。
　クマはほんとは金太郎が大嫌いなのかもしれません。
　ひょっとすると、なんらかの理由で負けてあげているだけなのかも。
　と、**まったく違う物語が生まれますね。**
　こんなふうに、どこから見るか？　何を見るか？が「視点」であり、オリジナリティでもあるのです。
　難しく考えることはありません。いつもとちょっと違った角度、あるいはもっと度数の高いメガネで、世界を見るだけです。
　いつもと違った世界、違った自分が見えてきませんか？

発見ソング
二大「女の本音作家」に学ぶ、ドキッとする発見

【真珠のピアス／松任谷由実】

　1982年6月21日にリリースされた、松任谷由実さんの13枚目のオリジナル・アルバム『PEARL PIERCE』の2曲目に収録されていた楽曲。
　え？　シングルじゃないの？と驚かれた人もいるんじゃないでしょうか。それほどに女心をつかんだ、認知度の高い失恋ソングです。

ブロークンハート〜
　サビからはじまる（サビ頭の）曲ですね。
　通常はA→B→サビという流れですが、**サビ→A→B→サビ**と、冒頭にインパクトの強いサビを流すことで、より印象を強めています。
　しかも最初のフレーズで、「失恋したのね」「彼との最後の夜を過ごしたのね」と、主人公の置かれた状況がほぼわかるという優れた出だしとなっていますね。
　ファンレターに綴られていたファンの実体験をもとに作られたというだけあって、生々しいです。
　彼に新しい恋人ができて別れるという、世にも悲しい状況の中、つぶやく台詞が「私（の気持ち）はずっと変わらない」。彼にしてみれば「末代まで呪ってやる」と言われているようなものでしょう。怖いですね〜女って。

　さらに怖いのが真珠のピアスの使い道です。彼がこの部屋を引っ越しするとき、きっと新しい恋人が手伝うはずだと睨んだ主人公は、片方のピアスをそっとベッドの下に投げ入れるのです。最後のジェラシーだと言って。
　このお話の怖ろしいところは、この主人公の行動がフィクションではない

ところです。ファンレターの主だけではなく、たぶんけっこうな人数の女性が同じようなことをした経験があるはずです。ピアスじゃなくても、長い髪の毛を枕の下にわざと落としていくとか。あるいは、ピンクの下着をこっそり引き出しの中に忍ばせるとか。まあ、女とはだいたいそのような生き物です。恥じることはありません。当たり前です。不実な男は成敗しちゃえばいいんです！

などと、ここで力を入れている場合ではなく。

真珠のピアス。

ユーミンの真骨頂はここからです。
　２コーラス目、主人公は紙飛行機を折って飛ばします。二人でいつか住みたいと語り合った、高台にあるマンションの部屋のチラシで折った紙飛行機です。
「彼と一緒じゃなきゃ、このマンションもチラシも意味ないし～」
　そんな気持ちを真珠のピアスになぞらえるのです。

半分なくしたら、役に立たないものがある。

そう！　最後の夜明けに、ピアス片方捨てちゃいましたからね、ベッドの下に。あのピアスももう役には立ちません。
　彼のいない喪失感を、見事あの日捨てたピアスとリンクさせました。

■ IN PUT：この曲から学ぶポイント

どこかで半分なくしたら、役に立たないものがある。
　当たり前のことなのに、改めて歌として耳に入ってくるとハッとしませんか？
　なぜか。
　わかってはいるけど、こういった"気づき"を端的な言葉で表現できる人はあまり多くないから。

誰かに言われて「ハッ」と気づくんですね。ああ、たしかにそうだな、と。
　こういう"気づき"をリスナーに与えることができる作品はやはり名作と呼ばれることが多いです。
　だけど、実はこれ、**かなり難易度が高いです**。
　いつかこんなことが書けるといいなという目標として、いつも心にとめておきましょう。
　そのためには常にアンテナを立てて、感じていることが大切です。
　簡単に言うと、お皿が割れたら「あーあ」で終わらせるだけじゃなく、お皿が割れたことで自分が感じたことをより深く掘り下げる。つまり「**あーあ」の奥にある感情や行動を客観的に探ってみる**ということですね。

■ OUT PUT：自分の言葉で表現してみよう

　お気に入りのお皿があります。別れてしまったけど、大好きだった彼と一緒に選んだ大事な思い出のお皿です。
　ひとりきりの日曜日。食べかけのトーストがのったそのお皿をぼんやり眺めていると……猫のミーちゃんが飛んできて、テーブルからお皿が落ちてしまいました。

　ガッシャン。

　割れてしまったお皿。もちろんショックです。ですが、このあとあなたは何を考えますか？
①ただおろおろして泣く。隣でミーちゃんも申し訳なさそうに泣いている。
②同じお皿を買わなきゃと、財布を握りしめて出かける。
③壊れたものは二度と元に戻らない。あの日彼と選んだお皿は他にはないんだから。と、忘れる覚悟を決める。
　どれがイイということはありません。**ここからあなただけのストーリーを作っていくことが重要なのです**。

【DESTINY／松任谷由実】

　1979年12月1日にリリースされた松任谷由実さんの8枚目のオリジナルアルバム『悲しいほどお天気』の収録曲。

　1980年代後半にテレビドラマ「季節はずれの海岸物語」に使用されて以来、多くの人に知られるようになった名曲です。

　最初の発表はギリギリ70年代になりますが、これほど女のかわいさ＆愚かさを表現しきった歌詞はあまりないですし、はじめて聴いたとき、とにかくびっくりどっきりした！ということで、紹介させていただきます。

　この歌については、みなさまきっとご存じだと思いますが、ザックリと状況説明をいたしましょう。

　チャラそうな男に主人公はフラれます。どうやら新しい女ができたようです。理不尽です。屈辱的です。負けず嫌いな女なら「ちっくしょー！　綺麗になって見返してやる！」と拳をわなわな震わせるに違いない状況です。

　この歌の主人公もそうです。惜しい女を失くしたと思わせたい一心で、チャラ男といつ再会してもいいように、どこへ行くにも着飾っていました。

　ところが、運命は残酷です。

　やっと会えた、彼に会えたのに……。

**どうしてなの？
今日にかぎって安いサンダルを履いているなんて！**

　あるあるある〜〜！じゃありませんか？　いわゆる「マーフィーの法則」ってやつですが、この「あるある」がとっても大事なんですね。なぜなら一気に**共感度がアップ**するから。

　これ、恋愛に限ったことじゃないと思うんですよ。

　負けたくないママ友とか、見栄を張りたい同窓生とか、今が不幸だと思わ

れたくない元同僚とか、ある種のライバル的存在に会うときは、やっぱり素敵な自分を見せたいもの。
　なのに、なのにです。そんなときに限って、「どうしてなのー！？」と叫びたくなるほど、みすぼらしい恰好をしていたり、賞味期限切れ直前で値段の下がった食材を手にしていたり、間が悪いとしかいえない状態のことが多くないですか？
　そんなやり場のない無念さを「どうしてなの？」と「安いサンダル」で代弁してくれました。

■ IN PUT：この曲から学ぶポイント

　あるあるある〜！な瞬間。それでいて詞になりそうな状況を探すのはけっこう難しいですね。こちらも**やはり難易度が高い**です。「これは！」と思う瞬間があったら、**ひたすら書き留めていきましょう**。
　人を避けるため右に移動したら、相手も同じ方向に移動して、結局ぶつかってしまった。
　あります！　このままではおしゃれな詞にはなりそうもありませんが、何かのときに使えるはずです。とにかく「あ」と思ったら、即アウトプット。いつかとびきりの「あるある」が見つかるはずです。

■ OUT PUT：自分の言葉で表現してみよう

　とりあえず、今思いついた「あるある」を書いてみましょう。
　そのまま作詞につながるかもしれません。

★ work sheet ③

あるある	叫び
サンプル）洗車をしたら、決まって雨が降る	どうしてなの？ なんでー？ またかよ！

【悪女／中島みゆき】

　1981年10月21日に発売された中島みゆきさんの11枚目のシングルです。80万枚を超えるセールスを記録し、80年代の中島みゆきさんを代表する曲となりました。
　失恋ソングの女王。女の情念を歌わせたら右に出る者はいないとも言われる中島みゆきさん。情念そのものというより、**女の業がなす異常な行動に対しての観察力**がハンパない！と私は考えます。大好きです！　カラオケでは中島みゆきさんの歌ばっかり歌ってます。わりとモノマネも得意です……という意味のわからないアピールはさておき。
　「悪女」というと、まっさきに思い浮かぶのが"男を振り回す"悪い女です。もちろんこの歌の主人公も悪い女ではありますが、悪さの方向が違います。男遊びに興じているようにふるまったり、またそのためにわざわざ男性用コロンを香りを身にまとったり。
　彼が隠している"あの娘"のところへ、彼を行かせてあげたい。そのために自ら彼に愛想を尽かされようと悪い女のフリをしている。涙ぐましい悪女です。

「行かないで」

　ほんとうはそう言いたいんです。なのに言えない。この歌詞のいちばん言いたいところはここですよね。「行かないで」**と言いたいのに言えない**。プライドでしょうか、意地でしょうか。この心理、よくわかります。
　だからといって、自分から切り捨てることもできないんでしょう。「だったらいっそ捨ててくれ」と、悪い女を装っているのです。
　彼とあの娘が一緒にいる様子を想像しては嫉妬に狂う夜もあるでしょうに。悪女という名のイイ女じゃないか！

■ IN PUT：この曲から学ぶポイント

　悪女という名のイイ女。先ほどそう書きましたが、ひねくれ者の私はさらに深読みします。

　女という生き物がそんなにやさしいわけがない。
　ほんとうは男と遊んでるフリして彼に嫉妬させたいんじゃないの？と。

　いやいや、自分だったらそんな面倒くさいことやってないで「行かないで！」とすがっちゃうわ、という人もいるでしょう。
　聴く人それぞれが自分の身に置き換えて考えられるのも、小説のように多くを語らない歌ならではの特徴なのかもしれません。
　気になる歌詞があったら、**熟読してあれこれ想像を膨らませてみましょう**。意外なことに気づいたりして、自分の作品のヒントになることも多いのです。
　とにもかくにも、私は本作の冒頭に登場する"マリコ"がどんな娘なのかが気になります！　ひょっとしていちばんの悪女だったりして。

■ OUT PUT：自分の言葉で表現してみよう

　ここでは、愛する彼・彼女に「行かないで」と言いたいけれど言えないとき、**あなたならどうするかを考えてみましょう**。
　この"あなたなら"がとても大切です。そこにこそオリジナリティがあるのですから。突飛なことでもいいんです。あなたならどうするか、考えてみてください。
　できるだけ「行かないで」という言葉から離れたもののほうが、意外性もありますし、説得力があるかもしれません。
「行かないで」と言えないから「足にしがみつく」では、言っているも同然なので。
　たとえば妻帯者と不倫している女性の場合。終電までの時間、女性の部屋でまどろむ彼に「帰らないで」と言いたいけど、言えない。そんなときドラ

マなんかでよく使う手が「時計を隠す」「時計を止める」などです。

　どうやって相手の行動の邪魔をするか、**意地悪な視点も必要**ってことですね。

OUTPUT 行かないで

● 時計を隠す

● 時計を止める

● 時計を壊す

行かないで〜

卒業ソング
共感しやすいけど、どのシーンを切り取るかは人それぞれ

【贈る言葉／海援隊】

1979年11月1日にリリースされた、海援隊の6枚目のシングル。

これはもう知らない人はいないでしょう、と言い切ってもいいくらいの卒業定番ソングですね。

武田鉄矢さん主演のテレビドラマ『3年B組金八先生』第1シリーズの主題歌として起用された楽曲で、100万枚を超えるヒットに。

1980年12月31日の第22回日本レコード大賞で、武田さんが作詩賞（西条八十賞）を受賞。『第31回NHK紅白歌合戦』にも、海援隊として6年ぶり2度目の出場を果たしました。

この曲、**もともとは失恋ソング**だったらしいんですよ。ある女性にフラれた武田さんが、その女性に「**贈る言葉**」だったんですね。

ここが音楽の、歌の、おもしろいところです。

金八先生の主題歌だったということもあって卒業ソングとして定着しましたし、卒業の季節、別れの季節にぴったりの歌に間違いないので、はじめから卒業生に贈る言葉として作られたと思い込んでいた人も多かったわけです。

もちろん、失恋の歌だと思って聴いていた人もいるでしょう。あるいは他のシチュエーションをイメージした人もいるかもしれません。そんなふうに聴く人それぞれのイマジネーションと解釈で、自由に世界が広がっていく。多くを語らない、（文字数制限などにより）語ることができない歌詞ならではのものだと思います。

2 ▶自分ならではの視点

■ IN PUT：この曲から学ぶポイント

　暮れなずむ町で、自分をフッて去っていく女性の後姿に贈った言葉。それが卒業ソングの定番として今も歌われている。これってすごいことだと思いませんか？
　連ドラの世界観とリンクしたという特殊な例ではありますが、そんな切り取り方もあるのです。
　「卒業」を描くからといって、なにも卒業そのものをテーマにすることはないという良い例ですね。卒業とリンクする世界観を描きだせれば、おのずと卒業シーンにもぴったりな歌詞が生まれる可能性があるということです。
　描こうとしている世界に行き詰ったときは、そのテーマを他の角度から眺めてみることにチャレンジしてください。

■ OUT PUT：自分の言葉で表現してみよう

　さて、ここでは書きたいテーマを他の角度から見るということで「連想ゲーム」に挑戦してみましょう。
　せっかくですから、スタートは卒業です。

★ work sheet ④

```
                    (  )
                     ↑
           (  ) → 制服 → (  )
                     ↑
   (  ) ← (  ) ← 卒業 → (  ) → (  )
                     ↑
                    (  )
```

　こんなふうにどんどん展開させて発想脳をやわらかくしていきましょう。

【卒業／斉藤由貴】

　1985年2月21日に発売された斉藤由貴さんのデビュー・シングル。明星食品「青春という名のラーメン」のイメージ・ソングとしても話題になりました。
　作詞は松本隆さん、作曲は筒美京平さんと、ゴールデンコンビによって作られ、30年経った今も卒業ソングの定番として愛されつづけている名曲です。
　制服の胸のボタンを下級生たちにねだられているモテ男子。
　今はどうかわかりませんが、当時の卒業式ではよく見られる光景でした。
　ボタンをくださいとまとわりつく下級生女子から、頭を掻きながら逃げるモテ男子。そんな彼を見ながら主人公はつぶやきます。

「ほんとうはうれしいくせにー」

　ジェラシーを感じていないわけではないのでしょうが、きわめて温かい姉のような視線を感じます。
　舞台は地方の高校。どうやら彼は卒業後、東京に行ってしまうようです。
　主人公は地元残留組でしょうか……「電話するよ」という彼に、守れそうにない約束はしないほうがいいと言う主人公。
　たぶん、離れてもお互いに声を聞きたいはずだし、彼からの電話もあるはずなんです、最初のうちは。
　だけど、そのうち東京で変わってしまうであろう彼を縛るようなことはしたくないと彼女は考えています。なんでしょうか、この健気さは！
　出て行く人、残される人。
　卒業シーズンになるとこんな別れの光景が日本全国津々浦々で繰り広げられているのでしょうね。想像するだけでじんときますね。
　この主人公は卒業式では泣きません。冷たい人と言われても、かまわな

い。もっと大事な瞬間、つまり**彼とのほんとうの別れのときに涙はとってお
きたい**から。
　この主張こそ、本作のオリジナリティと言えるのではないでしょうか。

■ IN PUT：この曲から学ぶポイント

　卒業式で泣く人は多いです。では、泣かないことがオリジナリティか？と
いうと、そんな単純なものでもありません。卒業式で泣かない人もけっこう
いるからです。

　泣かない理由＝彼とのほんとうの別れに涙をとっておきたい。

　ここまで掘ってやっと、その歌ならではの主張だと思うのです。
　普通に、卒業式で号泣している子が主人公でもいいんです。号泣の理由や
背景に、その子のオリジナリティが表われていれば。
　先生と別れるのが悲しい、友だちとの別れがつらい、あるいは学校で飼っ
ていたうさぎと離れたくない、いろいろな理由があるでしょう。
　実は私も卒業式では一度も泣いたことがありません。
　なぜか？
　考えたことがありませんでした。これを機に掘り下げてみる必要がありそ
うです。

■ OUT PUT：自分の言葉で表現してみよう

　卒業式で印象に残っているシーンはなんですか？

　好きな人に告白してフラれた。
　好きな人に告白して成就した。
　後輩からボコられた。
　焼却炉で夢（不合格だった第一志望の大学パンフレット）を焼いた。
　みんなで「贈る言葉」を合唱した。

OUTPUT 卒業式

などなど。

そのエピソードをほじくりかえし、**そのときの感情を掘り出すこと**で、あなただけのオリジナルストーリーが見えてくるはずです。

さあ、思い出してみましょう。

【春なのに／柏原芳恵】

1983年1月11日に発売された柏原芳恵さんの14枚目のシングル。作詞・曲が中島みゆきさんということでも話題になりました。この曲も卒業の定番ソングですね。

春の別れ。

考えてみればあたりまえのことなのに、ちょっとびっくりしませんでしたか？

今でこそ、春は「出会い」の季節であり、一方で「別れ」の季節でもあるという認識が多くの人の中にあると思いますが、当時はバブル期の少し前ですからね、基本的にみんな浮かれ気分です。春といえば、桜、出会い、入学、新居などなど、ポジティブなイメージを持つことが多かったのです。

そこにお別れですよ。春"なのに"。

実は私的には、この"**なのに**"が**かなり高ポイント**だったと考えているのです。

これが春だもの仕方ないわよね〜的なフレーズだったらどうでしょう？ 主人公の悲しみがいまひとつ伝わってきませんよね。

人々が浮かれる春なのに、どうして別れなきゃならないのだろう。

理不尽な別れを強いられている主人公の心情が伝わってきますし、だからこそ、強く印象に残った歌でもあります。

■ IN PUT：この曲から学ぶポイント

　主人公の悲しみは「春なのにお別れですか？」の１フレーズだけでも十分伝わってきます。
　では、彼のほうはどうでしょう？
　なんだかとってもそっけないですね。
　卒業しても会えますね？と問いたい主人公に向かって「キミの話は何？」って、おい！！って感じじゃないですか？
　物語の冒頭に、「卒業だけが理由ですか？」と問いかける主人公の気持ちがよくわかります。
　違うよね？　もともとそんなに私のこと好きじゃないよね？　ちょっとはすっぱな女子ならズバリこう訊くところです。
　この二人はつきあっているかもしれないけれど、限りなく女性の片想いに近い恋のような気がします。切ないっ。
　そんなわけで、恋人たちの別れはもちろん、片思いに胸を痛めている、または痛めた経験のある人たちの心にも響いたのがこの歌です。
　聴く人が変われば、響き方も違う。いろいろな立場の人の共感を得られる歌はやはり強いですね。

■ OUT PUT：自分の言葉で表現してみよう

　この歌は「春"なのに"お別れですか」の"なのに"がとても効いているというお話をしました。

　　○○なのに×××。

　うまく描ければ、×××をとても活かせる"なのに"。
　そこで今回は、"なのに"を使って遊んでみましょう。（　）の中に言葉を入れていってくださいね。

★ work sheet ⑤

<u>冬　なのに（ビーサンですか？　）</u>

<u>夏　なのに（　　　　　　　）</u>

<u>秋　なのに（　　　　　　　）</u>

<u>10代　なのに（　　　　　　　）</u>

<u>大人　なのに（　　　　　　　）</u>

<u>空色　なのに（　　　　　　　）</u>

<u>雨　なのに（　　　　　　　）</u>

<u>アイドル　なのに（　　　　　　　）</u>

<u>イケメン　なのに（　　　　　　　）</u>

<u>おじさん　なのに（　　　　　　　）</u>

どうですか？　慣れてきたら　〇〇の部分も自分で出題してみましょう。

ウェディング・ソング
結婚にまつわる人間模様。どの立場から見るかがポイント

【乾杯 / 長渕剛】

　1980年9月5日にリリースされた長渕剛さんの3枚目のスタジオ・アルバム『乾杯』の収録曲。その後、1988年に再録音されたシングル盤のリリースがヒットにつながりました。

　地元の友人の結婚を祝福するために書いた曲だそうですが、人生の節目や旅立ちの応援ソングとして長い間、愛されている歌です。

　もともとが結婚を祝う歌ですから、結婚披露宴にはもってこい！　新郎新婦のために、必ずといっていいほど歌う人がいましたね。

乾杯！

　お祝いで必ず行なう「乾杯」がサビであることに加え、友だちの立場からの祝福の歌。これを歌えば、そのままストレートに友人の門出を祝えるというありがたい曲です。

　しかもこの歌詞には青春のちょっと汗臭い思い出が詰まっています。

　かたい絆で結ばれた友人、一緒に傷ついたり、喜び合ったり、部活動の仲間のようでもあります。個人的には野球部を連想しました。

　苦楽を共にした仲間の行く末に、どうか幸あれ！

　女同士ではなかなか味わえない熱い想いを込めた祝福です。

　さすがアニキですね！

■ IN PUT：この曲から学ぶポイント

　友人の結婚を真正面から祝う歌。

ありそうで、実はそんなにありません。だからこそ、いまだに定番として歌いつづけられているのでしょう。

この真正面からっていうのが、実はけっこう難しかったりするんですよね。ストレートに書き過ぎると、まるで友達に宛てた個人的な手紙みたいになっちゃうし。歌詞として、しかも誰もが歌える歌として成立させるには、相当の力量が必要だと思います。

それはさておき、この曲の要はやはり「乾杯」ですね。

結婚式はもちろん、さまざまな場面で行なわれる乾杯。これほどキャッチーなサビにはめったにお目にかかれない！ってぐらいキャッチーです。

こういうフレーズ、**探せばどこかにまだある**と思うんですよね。

■ OUT PUT：自分の言葉で表現してみよう

ここはやはり「乾杯」に匹敵するフレーズを探しましょう！

といっても、すぐに見つかるものではありません。あったらとっくに書いてるっちゅうの！ってことですよね。

まずは思いつく合言葉や合図の言葉をどんどん放出してみることから。

★ work sheet ⑥

学校	職場	仲間・友人	冠婚葬祭	その他
よーいドン！ 起立、礼！ 解散！ 集合！				

【ウエディング・ベル／Sugar】

　1981年11月21日にリリースされたSugarのデビュー・シングル。約70万枚の大ヒットとなり、この曲で1982年の第33回NHK紅白歌合戦出場も果たしました。
　いやいやいや、衝撃的でしたね、このシチュエーションは。
　元恋人と他の女性の結婚式に出席している主人公。招待するほうもほうですが、出席する彼女もなかなかの強者です。
　いちばんうしろの席で新郎新婦を眺めながら、主人公は考えます。新婦より私のほうがずっと綺麗だわ！
　当然、愛の誓いになんて耳を貸しません。指輪の交換もぜったい見ません。
　そんなにつらいなら、なぜ出席したのか？
　新郎に言いたいことがあったからです。
　もちろん、「幸せになってね♪」なーんてお人よしじゃないですよ。

「くたばっちまえ！」

　ああ、なんて清々しい本音でしょうか。
　あたりまえです。そんな男は地獄に落ちればいいんです。女はこうでなきゃ！
　と、こんなふうに女性たちの共感を呼び、大ヒットにつながったわけですが。特異な状況ではあるにしても、これってほんとうに"素"の叫びですよね。

■ IN PUT：この曲から学ぶポイント

　本作からもわかるように、結婚式にはさまざまな人が出席しています。
　新婦の元カレがいたり、昔、新郎にいじめられた幼なじみなんかもいるか

もしれません。

　それぞれの立場から見た結婚式を描き、その人だからこそのフレーズを発することで、それまでにないウェディング・ソングが生まれる可能性があります。

　結婚式など冠婚葬祭の場に出席する機会があったら、**参列者をよく観察してみましょう。**

　意外な表情をしている人や、おかしな行動をとっている人がいるかもしれませんよ。

■ OUT PUT：自分の言葉で表現してみよう

　結婚式にどんな人が参列しているか、その人はどんなことを考えているかイメージしてみましょう。

　　新婦の弟「今日の姉ちゃん、綺麗だな」
　　新郎の母「あんな小娘にうちの息子を盗られるなんて！　きー」
　　新婦の上司「なんであいつ、寿退社しないんだ？」
　　新郎の親友「まさかあいつに先を越されるとは」
　　新婦の友人「なによこの披露宴、イケメンが一人も来てないじゃない！」

　あら、この作業、けっこう楽しいですね！
　こんなふうにどんどんイメージしていってください。
　新しいウェディング・ソングが誕生するかもしれませんよ。

◉【娘よ／芦屋雁之助】

　1984年2月1日に芦屋雁之助さんがリリース。オリコンのBEST100内に1年以上ランク・インするロングヒットとなりました。

　嫁に行く日なんて、来なけりゃいい。

そんな想いを込め、スナックのカウンターでどこかのお父さんが熱唱。ポロリと涙を流す姿を目撃したことがある人もいるのでは？

世の中のお父さんたちの本音を代弁した歌詞に、娘を持つ父親はもちろん、母親、祖父母までをも巻き込んでの大ヒットだったように思います。

例外はあるにしても、父親という存在はだいたいの場合、娘に対して口下手です。幸せになれよ、なんて面と向かって言えるお父さんは稀なんじゃないでしょうか。

達者で暮らせ。

これが精一杯なんだと思います。しかも前置きが「風邪を引かずに」ですよ。この普通さ加減が逆に涙を誘うじゃないですか。

娘を前にすると、気の利いたことが言えなくなる日本のお父さんたち。

そこでこの歌が活躍するわけですね。娘に直接言えない気持ちを歌にのせて発散する。娘を思う親心に流行りもすたりもありません。だからこそ、ロングヒットになったのだと思います。

こういう普遍の愛情を歌詞に込めることができたら最強ではないでしょうか。

■ IN PUT：この曲から学ぶポイント

父親に限らずどんな人にも、**言いたいのに、照れや意地が邪魔をして言えない言葉**ってありますよね。

「ごめんね」や「ありがとう」もそんな言葉だと思います。

でも、だからこそ、歌に託すべきフレーズだと思うのです。

面と向かって言えないからこそ、歌いたい。

「娘よ」のロング・ヒットでもわかるように、**みんなどこかで"言えない言葉"の解放を待ち望んでいる**気がします。

■ OUT PUT：自分の言葉で表現してみよう

あなたが今、誰かに言いたいのに言えない言葉は何ですか？
まずは身近なところから。恋人に言いたいことを吐きだしてみましょう。

ごめんね。
別れてください。
足が臭いよ。
その髪型、似合わないんだけど。
いい加減、結婚して。
キミが思っているよりずっと、僕はキミが好きなんだ。
ありがとう。

などなど。
続けてどんどん吐きだしてくださいね。
恋人じゃなくても、親友や上司に言いたことでもOKですよ！

1980年代ヒット曲が教えてくれる 3▼
舞台とシチュエーション

　歌詞の舞台をどこにするかというのもかなり重要です。
　その恋に、ケンカに、別れに似合う場所を用意してあげることで、聴く人の心にぐんと沁みやすくなるから。
　ただ、いくら素敵な場所だからといって、誰も知らない地名を持ち出されてもリスナーはポカーンです。だから使うなということではなく、そこがどんなふうに素敵なのかをちゃんと教えてあげる必要があるということです。
　もちろん、名前そのものの響きが耳心地良く、ある程度イメージができるならそれはそれでまた良し。
　ただ、一般的には誰もがイメージしやすい舞台を設定してあげたほうが、親切だし、説明も不要ですよね。
　このラブ・ストーリーには夏のビーチ、この別れには冬の公園、などなど。作詞をする段階であなたの頭の中にある舞台を**そのまま描けばいい**のです。
　え？　そんな場所で？　みたいな意外性もアリといえばアリですが、それでもやはり突飛すぎるものは避けたほうが無難でしょう。

　シチュエーションに関しても同様のことが言えます。誰も経験したことがない状況より、多くの人が通った道、見たことのある光景のほうがすんなり感情移入できますよね。

　「マサイ族に囲まれた夏の日　キミが突然振り向いた」

　え？　なに？　と興味はひかれますが、特異な状況だけに感情移入しづらいですね。

「ママさんバレーの応援中　キミが突然振り向いた」

　何が起こるかわかりませんが、とりあえず、体育館と歓声、汗を流すママさんたちは見えてきます。キミとボクのお母さんたちが試合をやっているんでしょうか。なんかちょっと気になりませんか？

　まあ、これが良い例かどうかは微妙ですが、できるだけイメージしやすい舞台やシチュエーションを用意することで、あなたの作品がより伝わりやすくなるということを心のどこかに。

上京ソング
地方出身者にはやっぱり染みるストーリー

◉ 【とんぼ／長渕剛】

　1988年10月26日に発売された20枚目のシングルです。長渕さん自身が出演したテレビドラマ『とんぼ』の主題歌として起用され、ミリオンセラーとなりました。

　都会に憧れて上京してきたものの、アスファルトの街は冷たく、何をやってもうまくいかない。そんな挫折と苦悩を歌い上げた楽曲です。

　東京のバカヤロー。

　上京組なら一度くらい、こんなふうに叫びたいと思ったことがあるんじゃないでしょうか。

　覚悟を決めて東京に出てきても、夢を叶えられる人はやっぱり一握りなんですよね。誰でも大なり小なり挫折を経験していると思います。そんな多くの人たちの心にうずまいていた「東京のバカヤロー！」。

　あー、すっきりした！という感じですね。

長渕さんの歌にはいつも聴く人をすっきりさせてくれる"叫び"があるような気がします。

　とんぼを幸せの象徴として描いていたのも印象的でしたね。具体的に追いかける対象があると、イメージも膨らみやすいですし。

　追いかけても追いかけても逃げる幸せ。そんなとんぼに舌を出して笑われた日にゃああなた、東京に対する苛立ちもさらに増すってものです。

■ IN PUT：この曲から学ぶポイント

　死にたいくらいに憧れて、出てきた東京。そこで地団駄を踏んでいる若者は、痛々しいけれど、やはり絵になりますね。

　具体的な夢を抱いて上京した人も多いと思いますが、なかには「東京に来れば何かが変わる」「楽しいことが待っているはず！」と、都会暮らしに憧れて東京へと向かった人もいると思います。

　大学や専門学校への進学や就職という上京ならわりとスムーズに生活がはじまると思いますが、そうじゃない場合は生活の基盤ができるまでちょっとたいへんですね。

　どんな理由であれ、上京はやっぱり一大ドラマです。

　経験者であればなおのこと書きやすいストーリーでしょう。

　あなたの**体験**を歌詞にしてみてはいかがでしょう。

■ OUT PUT：自分の言葉で表現してみよう

　上京物語を描くのなら、あなた自身が東京をどう思っているかを抽出しなくてははじまりません。
　あなたにとって東京はどんな街ですか？
　イメージとそれに対して言いたいことを書き連ねてみましょう。

★ work sheet ⑦

イメージ	それに対して言いたいこと
冷たい人が多い	もっと私にやさしくして！
街を歩くとティッシュをいっぱいもらえる	無駄！ あのバイト、時給いいのかな？
寂しい街	故郷に帰りたい
お金がないとつまらない街	ビッグになりたい！

【俺ら東京さ行ぐだ／吉幾三】

1984年11月25日にリリースされた吉幾三さんのシングル。
テレビもラジオもない！ という歌い出しが衝撃的でした。
昭和とはいえ、すでにほとんどの家にテレビはありましたし、「それどんな村？」的な好奇心も働き、何度も繰り返し聴いたものです。

こんな村はイヤだ！

これほどの田舎じゃないにしても、地元の村、町を出たい！という人は多かった、いえ、今でも多いと思います。そんな人たちの声を「こんな村はイヤだ！」が代弁しているんですね。
もちろん、ただ「おもしろい！」という理由でカラオケで熱唱した人もたくさんいるでしょう。
方言を使った歌詞はそれまでもあったと思いますが、この曲はまるごと方言。「牛はベコって言うんだ〜、へぇ〜！」
ラップに乗せて歌われる東北弁はとても新鮮でした。
発売当初、「電話もガスも電気もない」などの部分が、吉さんの出身地の町から「うちはそんなに田舎じゃない」と抗議を受けたという話も残っているほど、話題となった作品です。

■ IN PUT：この曲から学ぶポイント

上京物語のひとつとはいえ、この作品は地元を歌っています。地元のこんなところがイヤだと叫んだうえで、東京へ行きたい。そんな上京願望物語です。
あなたは地元にどんな不満を抱えていますか？
逆に、地元が好きで好きでしょうがないという人は地元愛の歌、いわゆる**ご当地ソング**を描いてみてもいいですね。

■ OUT PUT：自分の言葉で表現してみよう

あなたの地元の特徴を書きだしてみましょう。
できれば方言で！

★ work sheet ⑧

プラス・イメージ	マイナス・イメージ
食べもんのうまかー	ヤンキーがまだおる！

◎　【木綿のハンカチーフ／太田裕美】

　1975年12月21日に発売された太田裕美さんの4枚目のシングル。70年代ど真ん中の歌ですが、上京ソングを語るにおいて、この作品ほどわかりやすいものはないでしょう！ということで。

　東京へ旅立つ恋人を見送る女性がいます。
　地元に残していく彼女に向かって彼は言います。
　華やいだ街、つまり東京で君への贈りものを探すと。
　彼女は「欲しいものはない」と答えます。彼女の願いはただひとつ。
　都会の絵具に染まらないで。
　そのままのあなたでいて欲しいということですね。

今は格安航空チケットなどもあり、地方と東京は感覚的にぐんと近くなりましたが、当時はまだまだ遠かったんですよ。
　地方の人間にとって東京は、テレビの中でしか見たことがない何やらキラキラで騒々しくて、危険な街。
　東京なんかに染まって欲しくない！という言葉の裏側に「私を忘れないで」という祈りのようなものが見え隠れします。だけど、それを歌詞にせず感じさせることで、より深い余韻をいざなっているのがこの作品です。
　作詞の基本でも触れましたが、**テーマは直接語るものではなく、聴く人に感じさせる**ものなのです。

■ IN PUT：この曲から学ぶポイント

　木綿のハンカチーフ。

　この作品では、結果的に主人公は彼に忘れられてしまいます。
　そして、彼への最後のお願い"木綿のハンカチーフ"をねだるのです。
　素朴なイメージのある"木綿のハンカチーフ"が主人公のキャラクターと重なりますね。
　木綿のハンカチーフに込めた主人公の想い……私は変わらない、つまり変わらずあなたを想っていますという主張だと、私は考えました。あくまでも個人的見解ですが。
　このように**小物で表現できる感情**もあります。いろいろなアイテムから浮かび上がるイメージを考えてみるのも楽しいと思います。

■ OUT PUT：自分の言葉で表現してみよう

　あなたの恋人が遠くへ旅立つとします。
　あなたは恋人にどんなお願いをしますか？
　また、別れの日が来たとき、どんな言葉を送りますか？
「忘れないで」や「ずっと好きでいるから」などの直接表現を避けて、気持ちを表現してみましょう。

＊お手本
都会の絵具に染まらないで。
木綿のハンカチーフをください。

超難題ですからね、練習だと思って、思いついたときに書き続けましょう。
そのうち、これだ！というものが見つかるはずです。

街ソング
大好きな街で起こりそうな事件を想像して！

【TOKIO／沢田研二】

　1980年1月1日にリリースされた沢田研二さんの29枚目のシングルです。TOKYOをTOKIOと呼んだことも、ピカピカの電飾が施された衣装を纏い、パラシュートを背負って歌う姿にも目を奪われました。何より沢田研二さんがかっこよかった！

　奇跡を生み出す街。
　TOKIOはそんなスーパー・シティです。
　バブル期に向かってまっしぐら。日本がキラキラギラギラしていたころ。海外から、あるいは地方から見た東京はこんなふうに見えていたのかもしれません。作詞は糸井重里さん。さすが時代を切り取るコピー・ライター！魅力的なワードで当時の日本の断片を切り取っています。

　空飛ぶ街・TOKIOに抱かれたふたり。
　哀しい男が吠えて、やさしい女が眠る街。
　不思議の街で、夜ごと繰り広げられるラブ・アフェア。ＳＦチックではありますが、怪しくも煌びやかな光につつまれた恋愛模様がイメージできます。
　作詞にはこうしなければならないという正解はありません。自分の感じた時代を、街を言葉にしていけばいいのです。

■ IN PUT：この曲から学ぶポイント

　TOKIOは空を飛んだり火を吹いたり、雲を突き抜けて星になったりする

スーパー・シティーです。しかも欲しいものなら何だってその手につかめるという夢の街でもあります。

　思えば、あのころのTOKYOはそんな街だったのかもしれません。で、今気づきました。**TOKIOを語るとき、東京はTOKYOであり、東京ではありません。**

　え？言ってる意味がわからない？　ですよね。

　つまり、TOKIOの土台になっている街は、漢字で書く「東京」のイメージではないということです。長渕剛さんが「とんぼ」で描いたような東京の暗部が見えないと言えばわかりやすいでしょうか。

　ある一定のイメージの街を舞台に詞を書きたいと思ったら、遠慮は禁物なのかもしれません。非現実的であっても、自分の頭の中のイメージを徹底的に歌詞に込める。**あなたが創った街**ですから、それこそオリジナルですよね。

■ OUT PUT：自分の言葉で表現してみよう

　あなたが恋をするとして、どんな街を舞台にしたいですか？
　理想の街を描いてみましょう。

★ work sheet ⑨

どんな恋をしたい？	土台となる街	街の名前	色付け
サンプル 和服の似合うイイ女と毎日愉快に過ごしたい	ニューヨーク	City ZERO	ニューヨークに突如現れた温泉街。ネオンがまたたき、そこらじゅうに露天風呂。女はみんな和服。なぜか京都弁をしゃべっている。

【六本木心中／アン・ルイス】

　1984年10月5日にリリースされたアン・ルイスさんの25枚目のシングル。有線放送やカラオケでの支持も根強く、ロング・ヒットとなりました。もしかすると、いまだにカラオケの十八番にしている人も多いんじゃないでしょうか。今聴いてもまったく古くない。それほどにかっこいい歌です。

　六本木が舞台ではあるものの、**歌詞に六本木は出てきません**。だけど、六本木っぽい！ と誰もが思ったはずです。当時はまだ福岡在住で、六本木未体験の私ですら、六本木だ！　都会の恋愛だ！　と、やたら憧れたものです。

　銀座、有楽町などの街を舞台にした歌は、それまでもいろいろありましたが、六本木が脚光を浴びたのはこの年からではないでしょうか。同じ年に内藤やす子さんの「六本木ララバイ」もリリースされていますし、1986年には荻野目洋子さんの「六本木純情派」もヒットしました。

　街のあかりが人の気を狂わせる。

　この表現がズキンと刺さりました。当時の六本木が放っていた華やかさと狂気を如実に表わしていると思いませんか？
　一般社会から見ると「六本木心中」が描いた世界は刺激的な非日常であり、魅惑的な憧れの世界だとも言えます。
　地方から見れば、芸能人が夜ごと遊んでいる街という印象が強かった六本木。この街自体が異空間でもあったのです。
　そんなわけで、つまらない日常から解き放たれたいとき、カラオケで「六本木心中」を熱唱したのだと思うのです。

■ IN PUT：この曲から学ぶポイント

　同じ都内でも、銀座には銀座、六本木には六本木に似合う恋や人物像というのがあるものです。それがぴったりマッチしたとき、その歌の魅力もぐん

3 ▶ 舞台とシチュエーション

とアップするのだと思います。

　その街の魅力を語るならやはり、そこで暮らしていたり、遊んでいたりする人が有利でしょう。もちろん、テレビや雑誌で見ただけで描けてしまう人もいますが、とっかかりとしては、**よく知った街、大好きな街を舞台にする**のがいちばんイメージをつかみやすいと思います。

■ OUT PUT：自分の言葉で表現してみよう

　あなたが住んでいる街、あるいは大好きな街では**どんな事件が起こりそうですか？**
　推理小説ではないので、エグい事件じゃなくていいんですよ。
　恋愛、不倫、引っ越し、ケンカ、目指せ甲子園。
　緑豊かな地方だと初恋なんかが似合いそうですね。
　その街で起こりそうな、もしくは起きて欲しい事件を思い描いてみてください。

【雨の西麻布／とんねるず】

　1985年9月5日にリリースされた5枚目のシングル。作詞はもちろん秋元康さんですね。とんねるずのお二人が大真面目に演歌を歌う、かと思いきや、「♪双子のリリーズ♪」という脈絡のないフレーズに、なんだかちょっと安心したのを覚えています。

　二人の西麻布。

　別れ話をしている男女は、どうやらけっこうな大人です。
　雨に濡れた女の、背中を抱く男。

　ずるい人ね。

　本当にずるいです！　別れるのに、やさしくなんてしてほしくありません。だけど、これが都会の大人の別れ方？　西麻布とはそんな街なのか。西麻布＝大人の街と、妙に艶っぽいイメージを抱いたのを覚えています。
　当時はまだ地元福岡で暮らしており、西麻布という街に都会的なイメージを持っていた私にとって、西麻布を舞台にした演歌というだけでもけっこう衝撃的でした。演歌歌手の方が歌うのではなく、とんねるずが歌うということで成立していたのでしょう。まあ、秋元さんプロデュースですから、その辺の狙いを外すことはないですね。

■ IN PUT：この曲から学ぶポイント

　とんねるずの歌ということで、子供たちもこぞって真似したでしょうから、この曲のヒットにより西麻布という街の知名度が全国的にぐんと上がったのは間違いありません。
　今になってみれば西麻布といえば業界人の街ということで、ずるい男が多

いこともすごく納得できたりするのですが。知らない人にとってはこの歌詞の中の二人が「西麻布の恋人」代表なわけで、**夜、大人、遊び、駆け引き、**そんなキーワードを脳裏に刻んだのではないかと思います。

　そんなふうに、何かしらの爪痕を残せれば、ご当地ソングとしては大成功でしょう。**その歌にどんなキーワードを埋め込むか、それも作詞家にとっては重要な仕事なのかもしれません。**

■ OUT PUT：自分の言葉で表現してみよう

　あなたの好きな街、嫌いな街、あるいは行ってみたい国のキーワードを探してみましょう。

★ work sheet ⑩

街	キーワード
浅草	観光客、浅草寺、鬼灯、外国人

魅惑の仕草ソング
何気ない仕草や行動が歌作りのきっかけに

【恋におちて -Fall in love- ／小林明子】

1985年8月31日にリリースされた小林明子さんのデビュー・シングル。TBS系テレビドラマ『金曜日の妻たちへIII・恋におちて』の主題歌にも起用され、90万枚を超えるヒットとなりました。

電話のダイヤルを回そうとして手を止める。

肝はやはりこの動きですよね。
何気ない仕草でここまで心情を表わせるとはっ！　驚き以外の何ものでもありませんでした。
そう考えると、ダイヤル式電話はとても情緒的です。ダイヤルを回す間も、戻ってくる間も、そこそこの時間がかかりますから。その間にいろんな迷いや覚悟が頭をめぐったりもします。
やっぱりね、みんなダイヤルを回そうとして手を止めた経験があるんですよ。恋愛に限らず、ケンカした友だちに「ごめんね」言いたいときとか、会社を休む理由を考えながら上司に電話するときとか。
そこをダイレクトに「迷っている」と言わずに表現したフレーズ、大袈裟に言えば**迷いの金字塔**です。

■ IN PUT：この曲から学ぶポイント

作詞は湯川れい子さん。
この曲がリリースされた1980年代後半は公衆電話がダイヤル式からプッシュホン式に替わりつつあり、「ダイヤル」の部分を変えるべきかどうか

迷ったという噂を聞いたことがありますが、ことの真偽はともかく、このダイヤルを回そうとして手を止めるという美しい動きがなかったら、共感度にぐんと違いが出ていたことでしょう。

改めてちょっと驚いたこと。

当時の人妻たちは金曜日に色めきたったんですね。今は「昼顔」だからお昼時の不倫。時代が変わればいろいろな変化がありますね。

■ OUT PUT：自分の言葉で表現してみよう

感情を表わす行動表を作ります。

何かをしているとき、あるいは誰かの動きを見て、「あ！」と思ったときに埋めていきましょう

★ work sheet ⑪

感情	行動
迷い	鏡の前、口紅を塗る手が止まる。
戸惑い	
怒り	
喜び	
寂しさ	
楽しさ	
あきらめ	

【TAXI／鈴木聖美 with Rats&Star】

　1987年11月21日にリリースされた鈴木聖美 with Rats&Star 名義における3枚目のシングル。
　名前を見てわかる通り、歌手の鈴木聖美と音楽バンドのラッツ＆スターで構成された音楽ユニットです。1987年、弟の鈴木雅之さんがプロデューサーとなって鈴木聖美さんが歌手デビューをすることになり、サポートのためにラッツ＆スターのメンバーが集結したという流れのようです。
　「ロンリー・チャップリン」と並び、この曲もいまだにカラオケの定番ですね。私もよく歌うのですが、なぜ歌いたくなるかというと、"かっこいい女に見えるような気がするから"。

　TAXIをとめて、女性が言います。
　「ジョージの店まで」と。

　もうね、この冒頭のフレーズにイイ女の香りが凝縮していると思うんですよ。ここをうまく歌い切ったら、なんだか女としての株が上がるような気がする。不思議な歌です。
　女がタクシーに手を上げる光景なんてそこらじゅうに転がっているのに。じゃあ何が違うのか、たぶん、たぶんですけど、ジョージの店に向かおうとしているところがかっこいいんだと思うのです。
　ジョージってくらいですからね。たぶんバーでしょ。お洒落なカクテルなんかも作ってくれるバー。これが居酒屋だったりすると、ぜんぜん別物になってしまいます。

■ IN PUT：この曲から学ぶポイント

　たとえば、冴えない会社員に見えても、金曜の夜だけピアノ・バーでひとりウィスキーのロックを飲んでいたりすると、ちょっとイメージが変わりま

すよね。

　ブランド物で身をかためているＯＬが、夕方のスーパーで値引きされたお弁当を買っていたりすると、ちょっとかわいいなと思えたり。

　小物はもちろん、ペットだったり、家具だったり、よく行く店であったり。**主人公を取り巻く環境を歌詞に盛り込むだけで、作品の魅力が増す**こともあるというのも覚えておきたいですね。

■ OUT PUT：自分の言葉で表現してみよう

　あなたが思う都会的アイテム、逆に垢抜けないアイテムを抽出してみましょう。
　（　　）に言葉を埋めてくださいね。

★ work sheet ⑫
●お洒落アイテム　　　　●ダサいアイテム

（ジョージの）　　　　　（しげちゃんの）店
（　　）　　　　　　　　（　　）指輪
（　　）　　　　　　　　（　　）部屋
（　　）　　　　　　　　（　　）自転車
（　　）　　　　　　　　（　　）スカート
（　　）　　　　　　　　（　　）車
（　　）　　　　　　　　（　　）カーテン
（　　）　　　　　　　　（　　）スマホ

3 ▶舞台とシチュエーション　91

【赤いスイートピー／松田聖子】

　1982年1月21日にリリースされた松田聖子さんの8枚目のシングル。これはもう知らない人はいないでしょう。現在の20代女子ですら知ってる子が多いという、女子にとっての神曲です。
　作詞は松本隆さん、作曲は松任谷由実（呉田軽穂 名義）さんです。

　春色の汽車。

　冒頭からふんわりほんわりパステルな世界がイメージできるのですが、そこに「**煙草の匂いがするシャツ**」がつづくから、さあ大変です。
　当時は禁煙ブームなんてありませんでしたし、煙草を吸う男性は男臭くてかっこいいというイメージでしたもんね。
　最初の2フレーズだけで、ふんわりしたパステルカラーの女の子と、ちょっぴり不良っぽい男の子のふたりが浮かび上がります。
　しかも、しかもですよ、この男の子、知り合った日から半年過ぎても手も握らないほどのシャイボーイですよ。
　なんだこれー！と叫びたいほど、女子の乙女チック心をくすぐるじゃないですか。
　松本隆さんって男性なのに、なんでここまで女の子の気持ちがわかるの？と驚愕せずにはいられない歌詞のひとつです。

■ IN PUT：この曲から学ぶポイント

　ほんわりパステルの女の子。
　ちょっと不良っぽいけど、意外にシャイな男の子。

　ドラマや映画、また小説では"**キャラクター作り**"というものがほんとうに重要視されていますが、歌詞にもやはり当てはまるのだなと、膝を叩かず

にはいられないほど、この曲においての二人のキャラクターは際立っています。

そしてそのキャラクターを「この人はこういう人で」的な説明ではなく、アイテムや行動でリスナーにさりげなく伝える。ぜひとも身につけたいテクニックですね。

■ OUT PUT：自分の言葉で表現してみよう

この物語の男の子がとても魅力的である理由のひとつに"ギャップ"があると思うのです。

ギャップがある人になぜか惹かれるのは、リアル社会でも同じですね。

○○だけど、実は××な□□□。

たとえば「強面だけど、実はスイーツ好きなプロレスラー」のような感じで。

○○と××に言葉を当てはめて、あなたが魅力的だと思うキャラクターを作ってみましょう。できるだけたくさん考えてくださいね。

クリスマス・ソング
1人のクリスマス？　2人のクリスマス？　どう描いても絵になる日。

【シャ・ラ・ラ / サザンオールスターズ】

　1980年11月21日に発売されたサザンオールスターズの11枚目のシングル。サザン初の両A面シングルで「シャ・ラ・ラ／ごめんねチャーリー」のタイトルで、シングルA面では初の桑田佳祐さんと原由子さんのデュエット曲でした。
　けっこう後半まで聴かないと"クリスマス"というワードが出てこないので、クリスマス・ソングだと気づくのに時間がかかったという人もいるかもしれません。
　この曲もカラオケでよく歌われてました。ワタクシ調べではありますが、つきあうのかつきあわないのかはっきりしないギリギリあたりのカップルがよくデュエットしていたような気がします。お互いのことが頭にちらついてはいるけど、もう一歩踏み出せないような二人。

　女はみんな、男ほど弱くない。

　歌いながら、横浜じゃトラディッショナルな彼のほうがウケるんだからねー。どうすんのよ、あんた。私とつきあうのつきあわないの？的な軽い攻撃を女性が仕掛けているのであろう場面を、何度か目撃したことがあります。
　まあでも、こんな微妙な時期がいちばん楽しいんですよね〜。
　とにかくあなたのことが頭にちらついてしょうがない。恋の予感です。

【恋人がサンタクロース／松任谷由実】

　1980年12月1日に発売された10枚目のオリジナルアルバム『SURF & SNOW』の収録曲。映画『私をスキーに連れてって』の挿入歌にもなり、話題になりました。いまだにクリスマス・ソングの定番ですね。

　恋人がサンタクロース。

　しかも、背の高いサンタクロースです。
　ああ、こんなサンタクロースが目の前に現われるのをどんなに待ち焦がれたことでしょう。
　この曲の素敵なところは"隣のお洒落なおねえさん"の存在です。
　子供の頃、10代後半から20代くらいの近所のおねえさんはみんな綺麗に見えました。たまに例外もありますけど、お洒落なお洋服を着てお化粧していたら、子供の目にはだいたい綺麗なおねえさんです。
　そんなおねえさんにウインクされて「大人になれば、あなたもわかる」なんて言われたら、すごい秘密を打ち明けられたようで、それだけでもうドキドキじゃないですか。
　それからいくつもの冬を越え、いよいよ主人公のもとにサンタがやってくる！
　これ、ただサンタがやってくるだけじゃやっぱりいまひとつ盛り上がらないと思うのです。幼い日のおねえさんとのエピソードがあるからこそ、サンタの登場にありがたみが増すというか。
　長い間の憧れが実現するという意味で、クリスマスがより美しく輝くのだと思います。

【クリスマス・イブ／山下達郎】

　1983年12月14日に発売された通算12枚目のシングル。泣く子も黙るクリスマス・ソングの定番ですね。テレビや街角、はたまたお店などでこの歌が流れはじめると、「ああ、今年もクリスマスがやってくるんだなあ〜」とうれしいような寂しいような気分になるのは私だけではないでしょう。
　発売当初はオリコン・シングル・チャート最高44位だったそうですが、1988年、JR東海「ホームタウン・エクスプレス（X'mas編）」のCMソングに起用されたことで知名度がぐんと上昇。1989年12月にはオリコン・シングル・チャート1位を獲得しました。
　みなさんご存じだと思いますが、これ失恋ソングです。しかも歌詞はそんなに多くないんです。

　雨が夜更け過ぎに雪へと変わりそうなことと、主人公が「きっと君は来ない」とあきらめモードでいること、そして街角にはクリスマス・ツリーがきらめいている。それくらいしか情報がありません。
　なのに、なのにです。この曲は聴く人のクリスマス気分をめちゃくちゃ盛り上げてくれるのです。もちろんメロディーやアレンジを含め、楽曲そのものの良さがあってこそだと思うのですが、歌詞って、あれこれ語ればいいってもんじゃないという良い例だとも思えるのです。

　情報が少ないからこそ、人はそれぞれのクリスマスに当てはめて聴ける。
　クリスマスという特別な日を過ごしているのは、ハッピーな恋人たちだけではありません。
　どこかで待ちぼうけをくらっている人や、恋人と別れたばかりの人、あるいは仕事や家族の事情で恋人と会えない人など、いろんな人が同じようにクリスマスの夜を過ごしているんですよね。
　この曲はそんなちょっぴり切ないクリスマスにもスポットライトを当てて

いるんです。

■ IN PUT：この曲から学ぶポイント

　3つのクリスマス・ソングについて考えてみました。
　クリスマスだからハッピーじゃなきゃいけないとか、何か願いごとをしなければいけないとか、雪が降ってなきゃいけないとか、お洒落な場所にいなければいけないとか、そんな決まりは何にもないことがわかってもらえたと思います。
　冴えなくても、格好悪くても、あなたの過ごした、あるいは過ごしたいクリスマス、もっというと、こんなクリスマスはいやだー！という強い思いが特別な世界になります。
　しかも、万が一売れたりなんかしたら、ロング・ヒットになる可能性大です！
　気合を入れてクリスマスについて考えましょう。

■ OUT PUT：自分の言葉で表現してみよう

　いろんな人のクリスマス、またクリスマスに対して言いたいことをイメージしてみましょう。

★ work sheet ⑬

クリスマスを通して描きたいもの（恋愛・友情・家族など）	登場人物 性別・年齢・キャラなど	光景 場所・天候など	状況	いちばん言いたい1フレーズ
サンプル 友情	彼女いない歴17年の高校3年男子2人。	写真部の部室。暖房もなく、やたら寒い。雨が降ってきた。	コンビニで買ってきたケーキを食べるか食べないか悩んでいる。食べたら、クリスマスに負ける気がする、とどちらからともなく言う。	クリスマスなんか嫌いだ！

1980年代ヒット曲が教えてくれる
4▼ 作詞脳のつくり方

　さて、上級ゾーンにはいってきました！

　ある程度、作詞に慣れてきたら、**言葉やフレーズをどんどん磨いて**いきましょう。

　実際には、磨くと言うより**発掘する**という感じでしょうか。

　ここにピッタリの言葉はないか？

　このフレーズをより際立たせる言葉はないか？

　ぐるぐるぐるぐる頭の中を探し回る、そんな感じですね。

　ただ、この発掘作業、天才でもない限り、即席でできるものではありません。いかにボキャブラリーを増やしておくかにかかっています。といっても、難しく考えないでいいんですよ。テレビを見る、ラジオを聴く、本を読む、毎日毎日私たちはほんとうにたくさんの言葉を見聞きしています。

　それをただ右から左に流すのではなく、「ん？」と思う言葉やフレーズを心にとめる。なんならメモをしてもいいでしょう。

　この言葉の使い回しはおもしろいなとか、こういう場面でこんなことを言うのかというような驚きを常に持っていましょう。つまり言葉に敏感でいましょうということですね。

　最初は意識的に。そのうち自然と身についてきます。気がつけばボキャブラリーもうんと増え、いわゆる"**作詞脳**"に近づいているはずです。

青春ソング
その時代、その世代にしか見つけられない宝物を歌詞に

【ガラスの十代 / 光GENJI】

1987年11月26日に発売された2枚目のシングル。初々しい光GENJIのみなさんがローラースケートで滑りながら歌っていましたね。
　どなたかはわかりませんが、レコーディングの際、歌詞を読んで涙ぐんでしまった人がいたという逸話も残されるほど、思春期の繊細さを見事に描いた楽曲です。

壊れそうなものばかり集めてしまう。

　とにかくこの感性にぶっ飛びました。思春期の危うい感じを見事に表現していますよね。普通だったら"壊れそうな僕"など、主人公自身の状態を書きそうですが、そうではないところが実に腑に落ちます。あーそうだな、10代ってそうなんだよなと、こんな気づきをリスナーに与える歌詞はやはり聴く人の心に強く響きます。

　他にも、「つまずきは僕たちの仕事」など、10代ってそうなの、つまずいて当然なの、当たり前なの、そうじゃなきゃいけないのということを、簡単な言葉で的確に表現されていますよね。
　作詞・作曲は飛鳥涼さん。優れたアーティストさんでもありますが、同時に優れた作家さんだとも思います。
　そういえば、光GENJIのみなさん、なぜか曲の途中でローラースケートを脱ぎ、上半身裸になってバック転をしたりと、なかなかに刺激的なパフォーマンスを見せてくれていましたが、あれはいったい……。

【Diamonds ／プリンセス・プリンセス】

　1989年4月21日に発売された7枚目のシングル。ソニー「オーディオテープ」CMソングに起用され、オリコン・シングル・チャートで1位に輝いたヒット曲です。
　タイトル通り、キラキラです。なのに若さ特有の痛みを感じる。まさに10代女子の叫びを代弁するかのような歌詞が印象的でした。ダイヤモンドって硬いから傷つきにくいというじゃないですか。そういう強さとか輝きが若さにはあると思うんです。だけど、その強さはいくつもの葛藤の上に成り立っている危ういもので、どこかで何かに反抗してないと崩れ落ちそうにもろかったりもするんですよね。
　この曲にはほんとうに素敵なフレーズが多いので、それぞれ「ここだ！」という箇所があると思うのですが、私がドキリとしたのは……

　好きな服を着ているだけ、悪いことなんかしてない、という主張です。

　これは今でもあまり変わらないのかもしれませんが、当時の教師たちはよく「服装の乱れは心の乱れ」などと言って、制服や髪型、あるいは髪の色を厳しくチェックしたものです。親は親で、ちょっと派手な洋服を着ていると顔をしかめたり。多くの10代がビジュアル面での自己主張はなかば禁じられているに近い、窮屈な青春時代を強いられていました。
　大人になれば「人は人を見かけで判断する」ということの意味がよくわかりますし、高校生は高校生らしい服装でいるのがいちばん美しいとも思えるのですが、禁じられたらやりたくなるのが人の常。反抗もそれはそれで自己主張だったりするんですよね。
　そこにこの主張です。ほんとうにそうなんです。好きな服を着てるだけで文句言われるなんて納得できない！
　スカイスクレイパーが何なのかはわからなくても、多くの女子がこのフ

レーズを聴いて"私のことだ！"と思ったに違いありません。

　さらに釘付けとなったのが、いくつか恋をしてキスもうまくなったけど「初めて電話するときにはいつも震える」という心情。明石家さんまさんがよく言われますが、恋に関してはみんないつだって初心者なんですよね。

　さまざまな経験をして強く美しく磨かれていく。恥ずかしいことも、辛いこともそのひとつひとつがすべて宝物になる。まさにキラキラのダイヤモンドの季節ですね。

【15の夜／尾崎豊】

　1983年12月1日にリリースされたデビュー・シングル。尾崎豊さんが経験した実話に基づいて作られた曲とのことで、リアル感もハンパありません。

　プロデューサーの須藤晃さんが後に著書で「誰も書いたことのないような、ティーンエイジャーのための、ティーンエイジャーによる、ティーンエイジャーの詞だった」と書き著したように、10代のころ感じていた閉塞感や、窮屈な毎日からの脱出を試みる生の叫びが伝わってきます。

　　盗んだバイクで走り出す。

　このフレーズはあまりにも有名ですが、この作品には揺れ動く10代の内面を表わす珠玉の言葉たちが散りばめられています。
　たとえば、「100円玉で買えるぬくもり」。
　缶コーヒーのことだと思いますが、これを「ぬくもり」と表現したことによって、家出少年たちの"強がってはいるけどほんとは不安"な内心、つまり頼りなさが強く伝わってくるような気がします。
　ダイレクトに「強がっているけど、俺たち不安なんだ」と叫ぶのももちろんありですが、誰もが想像しやすいワードやアイテムで、その状況や心境を伝えることで、よりリアル感が増すと思うのです。

初めて電話するときにはいつも震える

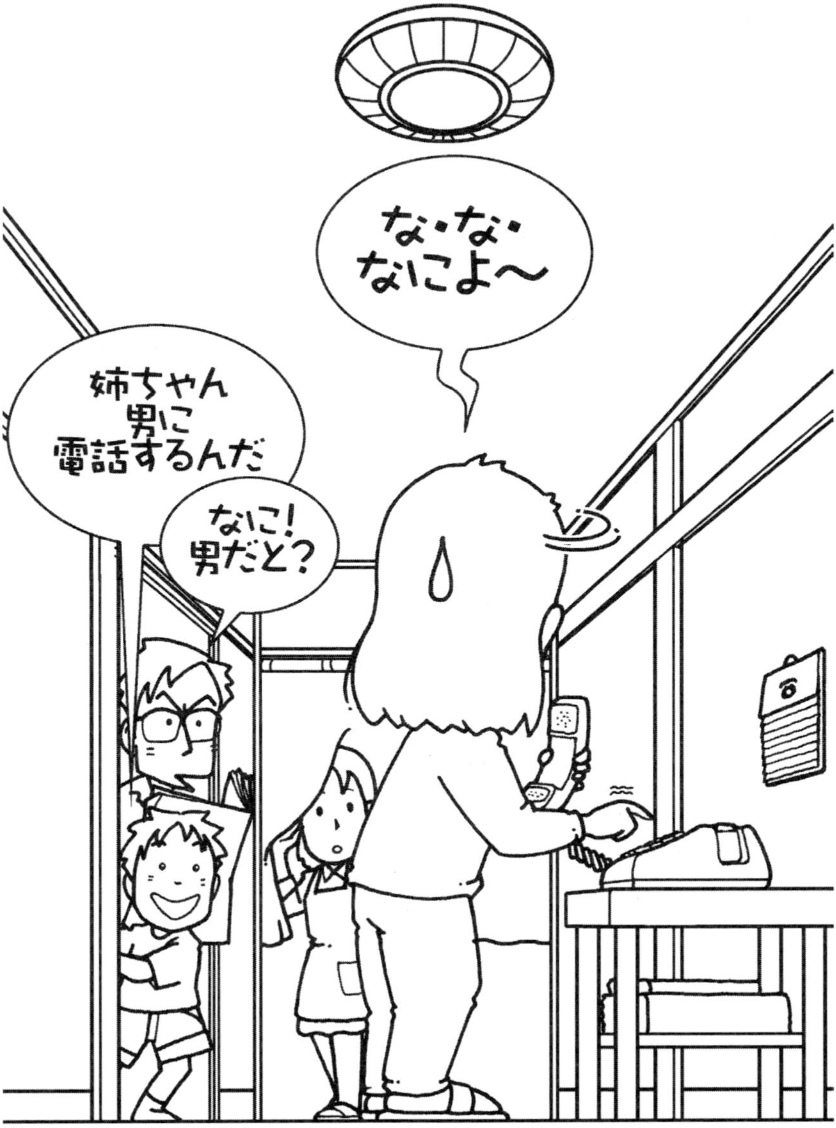

■ IN PUT：この３曲から学ぶポイント

　青春の宝物はみんな持っていると思います。壊れそうなものだったり、キラキラ光っていたり、ひょっとしたらとても歪な形をしたものかもしれません。
　楽しい思い出ばかりじゃない、辛かったり、孤独だったりしたこともあるでしょう。それらはすべてあなただけの宝物です。
　ただ思い出として胸にしまっておくだけなら、何も飾る必要はありません。孤独は孤独、不安は不安、幸せは幸せとして、そのままの言葉で大事にしまっておきましょう。
　ですが、その宝物を歌詞にしたいと思うのなら、美しいことをより美しく、歪なものはより歪に、たしかな言葉でしっかりと聴く人に届けたいですよね。
　そして、そのために**自分の言葉を一生懸命磨く**わけですが、これは即席でどうにかできるものではありません。
　たまたますごいのができちゃった！ということはありますが、基本的には訓練が必要です。
　たとえば「寂しさ」を「寂しい」と言わずに、どう表現するか。
　常に作詞脳を動かして、観察したり、感じたりする訓練をしていきましょう。

■ OUT PUT：自分の言葉で表現してみよう

　さあ、**上級編**ですよ！
　比喩、つまりたとえ（○○は××のようだ）の訓練です。
　思いつく限り、書き込んでいきましょう。

★ work sheet ⑭

○○	イメージ書きだし	詞的表現に　　　　　～のよう
青春とは	サンプル）傷つきやすい 孤独　汗臭い　イライラしている　バランスが悪い	へたくそなギタリストが奏でる音色 いつまでも治らない風邪
大人とは		
明日とは		
夢とは		
希望とは		
絶望とは		
家族とは		

インパクト・ソング
言葉を造作するという楽しみ方

【リゾ・ラバ〜 resort lovers 〜 / 爆風スランプ】

　1989年7月19日に発売された14枚目のシングル。「コスモ石油」のCMソングでもありました。
　リゾート・ラバー。いわゆるリゾートでのひと夏の恋人という意味合いですね。あえてリゾ・ラバと呼ばせたことで、「ん？　なんのこと？」と興味をひかれました。

　ぜんぶ嘘に違いない。
　だって「夏の恋はまぼろし」だもーん。

　夏のリゾート地で生まれた恋は、夏の終わりと同時にジ・エンドとはよく言いますが、これあながちウソでもないようで、海で見たらあんなに魅力的だった彼が、街で見ると「ただ陽に焼けた男」にしか見えなかったという友人談を聞いたことがあります。
　人を魅力的に見せるためには、背景もすごく大事なんだなと感じた瞬間です。
　これは冬も同じで、スノボ上手な彼がいちばん魅力的に輝くのは雪山ってことでしょう。
　この曲では、夏の女も冬の女も"まやかし"ですが、たぶんまやかそうとしたわけではなく、そのときは本気だったということなんだと思います。男性だってそうでしょ？　口説いているときは本気。目的を成し遂げたあとに「あれ？」みたいな。
　おっと、余談が過ぎました。

今では略語も珍しくありませんが、うまく略せばブームの可能性ありということで。

【Romanticが止まらない／ C-C-B】

　1985年1月25日にリリースされた3枚目のシングルです。ドラマ「毎度おさわがせします」の主題歌に起用され、ドラマのヒットと共に売れに売れました。ピンクやグリーンの髪の色をしたメンバーもインパクト大でした。
　作詞は松本隆さん。このタイトルはもうさすがとしか言いようがありませんよね。
　ロマンティックって形容詞じゃないですか。ロマンティックな夜、ロマンティックな部屋などなど、ね。それが止まらないって、お堅い頭をした大人が聞いたら「？」なのかもしれませんが、これって制御不可能な恋心をめちゃくちゃ端的に表現していると思うんです。
　何度も書いたように、作詞には正解がないし、文法的なお堅いこともいっさい気にしなくてよろしいというのが楽しみでもあります。
　要は聴く人に届けば、伝わればいいんです。

　もうひとつ、うっとりしてしまったのが、「友だちの領域から、君の青いハイヒールがはみ出した」というくだり。

　友だちから恋の対象に変わる瞬間。つまり「用意、スタート！」のピストルが「パンッ！」と鳴った瞬間を、実に詞的に表現されていますよね。
　しかも彼女は青いハイヒールを履くような、ハイセンスな女の子。
　ああ、もう、何度聴いてもロマンティックが止まりません！

【C調言葉に御用心／サザンオールスターズ】

　1979年10月25日に発売された、サザンオールスターズの5枚目のシングル。ナビスコ「チップスター」のCMソングとしても起用されました。
　C調言葉？　一部のマセた少年少女、あるいは都会で暮らす業界まわりの人以外は、まず首を傾げたでしょう。私もすぐ友人に訊ねました。C調ってなに？
　実は1962年7月20日に発売されたハナ肇とクレージーキャッツ3枚目のシングル「無責任一代男」にも「C調」という言葉が使われています。しかしながら、さすがの私もまだ生まれてないので、本作で初めて耳にしました。
　みなさんすでにご存じだとは思いますが、念のため。
　C調とは、調子いい→ちょうしー→（入れ替えて）しーちょう→C調。「チャンネーとシースー（ねーちゃんと寿司）」に見られるような業界用語的な変形です。

　つまり、「調子の良い言葉に気をつけろ」と言っているわけですが、**「C調言葉に御用心」**と置き換えたところに、**お洒落感や特別感が出ていますよ**ね。
　桑田さんは、こういった語呂の良さや言葉のリズムのようなものをいつもセンスよく並べて私たちに届けてくれます。
　この曲も全編にわたってそんな感じで、**「照らう元気もありゃしもないのに」**というフレーズなんて、なんとなくわかるけど……？からいまだに脱出できてない私がいたりします。
　「ありゃし"も"ないのに」は「ありゃしないのに」なんだろうなあと予測はしつつ。「も」いる？と。だけど、歌ってみるとぴったりくる！しっくりくるんです！！　逆に「も」がないと間延びした感じでノリが悪くなっちゃうんですから。

桑田さんの書く詞は、気持ちよさやおもしろさ、言葉を操る楽しさを教えてくれます。

■ IN PUT：この３曲から学ぶポイント

「リゾ・ラバ」「Romantic が止まらない」「C 調言葉に御用心」。

　楽曲の素晴らしさはもちろんですが、どのタイトルも言葉の使い方がとてもおもしろいですよね。遊び心があるというか、チャレンジ＆サービス精神旺盛というか。とにかく、当時はタイトルだけでも「おおっ」と沸き立つような斬新さでした。

　これまでいろいろなイン・プット＆アウト・プットをしてきて、みなさんはもうお気づきだと思うのですが、イメージはひとつの単語じゃ広がりません。**いくつかの言葉をつないだり、組み合わせたりしてやっと、その世界が広がっていくのです。**

　たとえば「空」。これだけじゃどんな空かわからないし、空という単語がそこに置いてあるだけのただの字と変わりません。

　ですが、青い空、澄んだ空、雲ひとつない空、泣きだしそうな空、言葉を組み合わせてあげることによって、パーッと世界が開けます。

　どんな言葉をつなぎ、組み合わせていくか、そこにあなたのオリジナリティが表われます。

　とはいえ、世の中には星の数ほど歌があり、また歌詞があります。ほとんどの言葉はどこかで誰かがすでに使っているといっても過言ではないでしょう。

　でも、だからこそ、探しがいがあるというものです。

　「青い空」は何万人も使っているだろうけど、「ピンクの空」はあまり使われてないだろう。でも、ピンクの空なんてある？

　異常気象でもない限り、ピンクはないでしょう。だけど、空がピンクに見えるほどロマンティックな出来事があった主人公の心情さえ伝えられれば成立します。

　そうですね。次はフレーズの組み合わせによって、空がピンクに見えるであろう世界を創りだすのです！

言葉をつなぐ

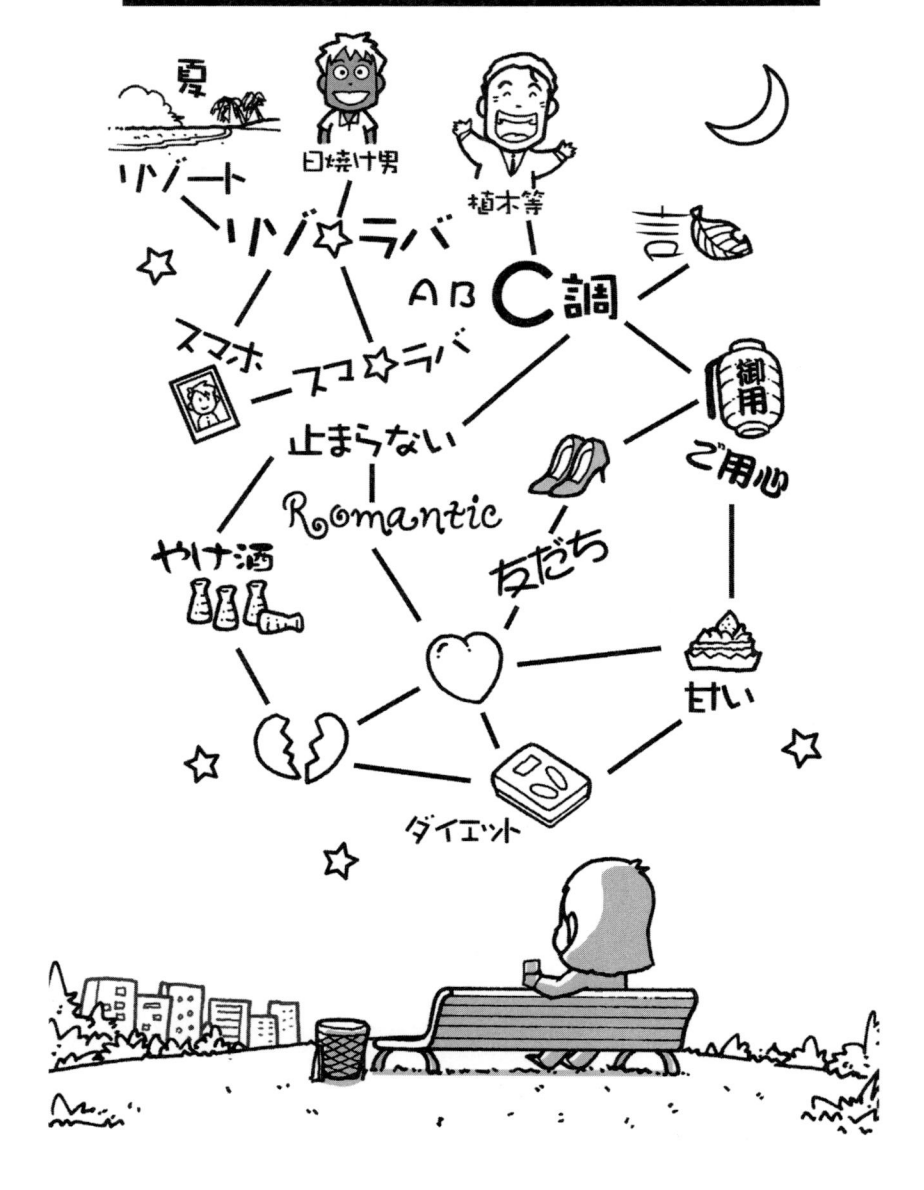

■ OUT PUT：自分の言葉で表現してみよう

最後のワークシートです。
動作によって心情を表現しよう！

★ work sheet ⑮

動作	状況	そのときの気持ち	書きだし	変換
サンプル 「空」を見ている	受験に失敗した帰り道、自転車置き場で夜空を見上げる	悲しい 家に帰るのが怖い 不安	星ひとつ見えない真っ暗な「空」	明日に嫌われたような黒い「空」
「階段」を見おろす				
「坂道」を走る				
「電車」を待っている				
「ドア」を開ける				
「橋」を渡る				
「桜」を睨む				

やり方いろいろ 5▼
できたフレーズを詞として組み立てる

　本書を読んで、ある程度ワークシートも進めたら、すぐにでも作詞したくなりますよね。ツラツラツラと出来ちゃった！という人はそのまま腕を磨き続けてください。

　いやいや、まだ頭の中がバラバラなんですけど？という人は、以下に沿って組み立てていってくださいね。

　とはいえ、ここで紹介するやり方が正解というわけではありません。何度も言いますが、そもそも作詞には正解なんてありません。

　ケース・バイ・ケースというと無責任に聞こえるかもしれませんが、順序は入れ替えても構いません。慣れるまでのレッスンだと思っていただく程度でOKです。

　あれこれ試したうえで、あなたなりのやり方を見つけていただくのがベストなのです。

1　サビから描く〈おすすめ！〉

　実例でも紹介していますが、サビから歌詞世界を広げていく作り方がいちばんやりやすいし、言いたいことのブレも少ないです。

STEP1 ▼サビの決定

　80年代ヒット《きっかけ作り》(24頁〜)を読んだり、ワークシートにあれこれ書き込んだりしているうちに、誰かに、あるいは世間に強く言いたいこと、あるいはボヤきたいことなどが生まれた人は、そのフレーズをサビにしましょう。

　何かをしているとき、あるいはテレビや映画などを見て、パッと閃いたフ

レーズなんかも、もちろんアリです。
　ようするに、あなた自身が「これを言いたい！」と強く思ったことをサビにするのがポイントです。

STEP2 ▼主人公＆舞台・シチュエーション設定
　サビになるフレーズが決まったら、主人公のキャラクター＆物語の舞台・シチュエーションを設定します。自分が主人公でもかまいませんし、道でよくすれ違う人が主人公でもいいんです。
　何度も言いますが、大きな舞台は必要ありません。家のキッチン、あるいは近所の公園など、身近な場所でＯＫです。
　大事なことはサビのフレーズがしっくりハマる主人公＆舞台・シチュエーションであるということです。
　主人公については《自分ならではの視点》（49頁〜）を、舞台・シチュエーションについては《舞台とシチュエーション》（73頁〜）を参考に。あなただけの世界観を作ってください。ここで考えたことがＡメロ＆Ｂメロの部分に反映されるので、できるだけ丁寧に。

STEP3 ▼ストーリーイメージ
　主人公と舞台が決まったら、サビで言いたいことに向かってストーリーを書き出します。
　主人公はどこで何をしていて、何をどう思っているのか？
　欲を言うと短編小説を書けるくらいのイメージを持つのが望ましいのですが、そうじゃなくてもかまいません。箇条書きでも単語の羅列でもなんでもＯＫ！　気楽に気楽にいきましょう。

STEP4 ▼ラフ書き
　物語が出来上がったら、《起承転結》（12頁〜）を参考に、その物語を誰かに話すように、できるだけ短くまとめてみましょう。
　ポイントはSTEP1で作ったフレーズを、サビの位置から動かさないことです。

そうすることで、おのずとＡメロ＆Ｂメロで言いたいことが出来上がります。

STEP5 ▼磨いて完成！

さあ、あとは歌詞として完成させるのみです。余分な言葉は削り、想像力を膨らませて、オリジナリティあふれる作品に仕上げてください。
《作詞脳》（99頁〜）で紹介したヒット曲を参考に、ワークシート⑩⑭⑮などを上手に使いながら、あなたならではの表現をしてみてくださいね。

ワークシートの出番ですよ！

たとえば上京ソング（＊舞台とシチュエーション）のワークシート⑦（76頁〜）で、東京に対して言いたいことが出てきた！というあなたは、その言いたいことをサビに、同じ手順で作品を完成させてください。

その場合、同ワークシートの《東京のイメージ》をＡメロ＆Ｂメロのフレーズに盛り込んでいけばいいのです。

慣れてきたら、自分用にワークシートをカスタマイズしてくださいね。

2　テーマから描く

サビがまだ決まってない場合の王道です。なんとなく不倫ソングや失恋ソングを書いてみたいなぁなどという場合は、以下のように進めてみましょう。

STEP1 ▼テーマを練る

《テーマ》（8頁〜）を参考に、テーマを絞りましょう。細かく絞れば絞るほど、この後の作業が進めやすくなります。

たとえば失恋だったら、30代独身女性の痛々しい失恋とか、10代初恋の淡い失恋など。ここまで絞ると主人公もおのずと生まれてきますよね。

同時にサビが生まれたらラッキーです。その後は1と同じ手順で進めます。

主人公もサビもまだ出てこないわよーという人はSTEP2に。

STEP2 ▼主人公＆舞台設定
　主人公のキャラクター＆物語の舞台を設定します。
　たとえば失恋ソングだとして、失恋した瞬間のことを描くのか、失恋後、彼（or彼女）のことを思い出している主人公を描くのか、吹っ切れたあとのことを描くのかによって、舞台も変わってくると思います。
　STEP1で決めた失恋が似合う主人公＆舞台を用意してあげてください。

STEP3 ▼ストーリーイメージ
　物語をイメージし、書き出しますよ。小説風でも箇条書きでも何でもアリ！　思うがままに吐きだしてください。

STEP4 ▼サビの決定
　ストーリーを描きだしたら、言いたいことが見えてきた！という人はそのフレーズをサビに。
　サビのフレーズがまだ出てこない人は、出てくるまで物語に浸ってもよし。いやいや、先に進みたいわーというせっかちさんは、とりあえずSTEP5に進みましょう。

STEP5 ▼ラフ書き
《起承転結》（12頁～）を参考に、その物語を誰かに話すように、できるだけ短くまとめてみましょう。
　仮（ラフ）でいいので、サビも決めますよ。サビに向かうまでの状況説明や心理などが起承（Ａメロ＆Ｂメロ）部分に置きます。
　パソコンやノートとにらめっこしていても、良いアイデアが浮かばないときは、思い切って散歩に出かけたり、家事をしたり、入浴したり、気分転換をはかりましょう。多くの場合、そんなときにフワッとフレーズが降りてきます。

STEP5 ▼完成！

サビが決まったら、歌詞として完成させましょう！

3　キャラクターから描く

《お名前ソング》(41頁～)や《魅惑の仕草ソング》(87頁～)のワークシートから、こんな人、こんな癖がある人を描きたい！と思う主人公が現われることもあるでしょう。そんなあなたはラッキーです。キャラクターの立っている主人公をポンと舞台にのせた場合、(想像内で)勝手に動き出してくれることが多いのです。

STEP1 ▼主人公設定

ワークシート②(48頁～)にあれこれ書き込んで、キャラクターをさらに追求してみましょう。

容姿はもちろん、仕事、癖、特徴ある仕草、日課などなど、思いつくままに書き出してみてくださいね。

STEP2 ▼舞台＆シチュエーション設定

STEP1の段階で、主人公に似合いの舞台やシチュエーションが見つかった人も多いかもしれません。

部活動に精を出す女子高生が主人公なら体育館や校庭、部活帰りにバス停のベンチに腰かけているところなど。

愚痴っぽい中年男性が主人公なら、立ち飲み酒場、オフィスのトイレに座り込んで、ぶつぶつボヤいているなんてのもアリですね。

ここまでが主に起承（Aメロ＆Bメロ）部分になります。

STEP3 ▼サビの決定

では、主人公がそこで何を言っているのか？　考えているのか？　あるいは訴えたいのかを探ってみましょう。想像力、妄想力を発揮するところです！

女子高生は、どんな思いでベンチに座っていますか？
「部活やめようかな」「明日はもっとがんばろう！」などなど、いろいろあるはずです。
愚痴っぽい中年男性も同じですね。「会社をやめたい」「家に帰りたくない」などなど、あなたの脳内で主人公がつぶやいたこと、あるいは叫んだことをサビとして昇華させましょう。

STEP4 ▼ラフ書き

STEP3の段階で、すでに起承転結のあるストーリーができているはずですから、ストーリーイメージは省略して、ラフ書きに進みましょう。

STEP5 ▼完成！

歌詞として完成させましょう！

4　タイトルから描く

《インパクト・ソング》（106頁〜）を読んでいるうちに、おもしろいタイトルが浮かんだ！という人もなかにはいるかもしれません。タイトルが生まれたら、サビができたも同然。ヒット曲を見てもわかるように、タイトル＝サビになっている歌はとっても多いのです。
　だってタイトルはその作品の凝縮ですから、サビ（いちばん言いたいこと）と同じになってしまうのは、きわめて自然なことなのです。

●「さよなら」や「キッスは目にして！」などのように、タイトルがうまくサビとリンクした場合は1の手順で組み立てていきましょう。

●タイトルからサビが出てこない場合は、2のテーマから。あるいは3の主人公から構築していきます。

5　冒頭フレーズから描く

　たまにＡ（冒頭）のフレーズから浮かんでくることがあります。
　たとえば「青空の下　あなたが振り向いた」「夜明けの海岸線　あなたのいない湘南」など、つまり、状況のみ浮かんでしまったという場合ですね。
　実は私、このパターンがすごく多いです。
　状況が見えているということは、漠然とでも主人公が見えているということですから、そのままストーリーイメージを展開させましょう。
　そのあとラフ書き、完成へと進めばいいだけです。

組み立て5つのコース

- サビから描く
- テーマから描く
- キャラクターから描く
- タイトルから描く
- 冒頭のフレーズから描く

実際にやってみよう
6▼
本書のステップに沿って作品を1つ仕上げる

① **きっかけ**（24頁〜参照）
「どうせ無理」
あなたは今、この本を読みながらこう思っているんじゃないですか？
よーし、サビは決定！

◆サンプル⇒「無理無理無理、どうせ無理」

他に今心に強く思っていることがあれば、そのフレーズをサビにしてくださいね。
★あなたの今の想い
⇒_____

② **視点**（49頁〜参照）
無理と言っているのは誰？　どんな人？　わかりやすく自分を主人公にしてもOK。他、イメージしやすい人がいればそのキャラで。

◆サンプル：30代後半の独身男性。人生に迷い中。

★あなたが設定する主人公
⇒_____

③ **舞台&シチュエーション**（73頁〜参照）
どこの？　どんな場面？
今、この本を読んでいる状態を書いてもOK！　そのままじゃおもしろく

ないという人は、無理！が似合う場所やシチュエーションを探してみましょう。

◆**サンプル**⇒舞台：深夜の渋谷駅前
　　　　　　シチュエーション：終電に間に合うかどうかの瀬戸際で、駅に向かって急ぎ歩いている

★**あなたが設定する舞台**
⇒_____

★**あなたが設定するシチュエーション**
⇒_____

④ **ラフ書き**（起承転結のところ12頁〜参照）
　サビは「無理無理無理　どうせ無理！」
　もしくは「（あなたが今言いたいこと）」
　主人公は「　　　　　」
　舞台とシチュエーションが決まったら、サビに向かって思いつくまま自由に書きだしてみましょう。字脚は気にしなくてOK。
「仮」でいいので、タイトルもつけておきましょう。

◆**サンプル**
タイトル「終電前」
気が付けば午前0時を回ってる
渋谷駅前は今夜もお祭り騒ぎ
急いでいるのになかなか前に進めない
終電に間に合わなかったら　どうしよう
信号が点滅し始めた
走りたいのに、目の前のカップルが邪魔でうまくいかない
無理に駆け抜けるか　いや、そこまでしなくても

いつからだろう　言い訳ばかり探してる

無理無理無理　どうせ無理！
あきらめ半分　そんな人生
無理無理無理　どうせ無理！
それでいいのか　ほんとうに

★さあ、書いてみましょう
タイトルは「　　　　　　」
サビは「無理無理無理　どうせ無理！」

メモしてみましょう

⑤ **研磨**

　④でできた作品を磨いていきましょう。

◆サンプル
18（イチハチ）

　　　　　　　　　　　　　　　　詞）葉月けめこ

午前0時をまわった渋谷駅前
人恋しさの宴に醒めて
今日の終わりに向かって歩く
憂鬱な人波に足音あわせ

点滅信号　誰かがやべぇ！と叫ぶ
急ぎたいのに　いちゃついたカップルが邪魔だ
点滅人生　俺は俺らしくなんて
言い訳ばかり　あきらめの理由が邪魔だ

無理無理無理　どうせ無理
いつのまにか　口癖になってたな
無理無理無理　ほんとうに？
一か八か　走り出してみようか

★さあ、あなたの作品も仕上げです。

友人のバンド、**Too Late xxx ASIA** が、サンプルの「18」を歌にしてくれました。歌詞のみの印象とはずいぶん変わります。私自身も「うわぁ、かっこいい！」と驚いたり。自分が描いた詞がどんなふうに歌として誕生するのかというワクワク感も作詞の醍醐味ですね。

　歌には歌詞の"つづき"があります。

　無料ですので、ぜひ聴いてみてください♪

　試聴 URL　http://ch13cat.info/music.html

【Too Late xxx ASIA】
2011 年、ベースの NAKAZ（ex THE STRUMMERS ex THE STAR CLUB）を中心にギターの WASU、DJ ／ボーカルの WC の 3 人でスタート。
シングル「EAT…ASIA」、アルバム『了極』をリリース。
2013 年にドラムの TAKASHI（ex THE RYDERS）が加入。
2015 年 2 月 18 日、ミニアルバム「Shame On You ！」をリリース。
スタイリッシュながらも野性的なサウンドで人気を博す、男気満載のインスト・パンク・バンド。
★オフィシャル・サイト　http://ch13cat.info/

いますぐできる 7▼
ボキャブラリーを増やす訓練法

語彙《ボキャブラリー》を増やせば、モノを書くこと全般に役立ちます。

STEP ① 模写

　少しだけ労力は必要ですが、超簡単です。頭も使いません。
　既存の歌の歌詞を模写する。これだけです。
　実は私、作詞修業をはじめて、自分のオリジナルの詞を書くまで1年かけています。まずは基礎体力のようなものをつけたかったんですね。
　もともと理論派ではないため、なんにしろ体で覚えることを優先してきた私。歌というか、歌詞のリズムや起承転結をとにかく覚えるのだと、半年間この模写をくり返しました。誰かに聞いた方法だったか、何かで読んだのか、その辺の記憶がないのですが。学生時代から"書いて覚える"派だった私にはぴったりでした。
　書き写すだけですから、簡単です。でも簡単だからこそ、続けるのが難しい。退屈だなあと思っては負けです。

　おお、ここにこんな言葉を使うのか！
　見慣れた言葉だけど、歌詞にすると新鮮だなあ。

　などなど、**いちいち感動しながら模写する**のが継続の秘訣。
　私は1日1作品、寝る前30分ほどの作業でしたが、2日で1作品でも1日2作品でもかまいません。あなたのペースでやってみてください。
　気がつくと語彙が増えていますし、なんとなく歌になりやすいリズムで歌詞が出てくるようになります。

何より、語彙を増やせば"書く"こと全般に役立ちます。また歌詞を模写することによって普段書く文章にリズム感も生まれます。書くことが好きな人にはぜひ試していただきたい訓練です。

STEP ② 逆さ模写

次は逆さ模写です。なにそれー？ですよね。

これはですね、**模写した作品の単語をかたっぱしから逆の意味の単語に置き換えていく**という荒業です。

私は1日1作品、3カ月ほどつづけました。

意味が通じなくてもかまいません。クオリティも無視でOK！　ただ、逆さにするだけです。単純に言葉をひねり出す訓練だと思ってください。

最初は字脚を気にせず、慣れてきたら字脚も揃えるように努力しましょう。

たとえば、
いつも　明るい　キミが好き
　　　　↓
たまに　暗めの　キミが嫌い

未来に　夢なんて　見るんじゃなかった
　　　　↓
過去の　絶望を　見たい気もする

みたいな感じです。
めんどくさい作業ですが、慣れるとそこそこ楽しいですよ。

STEP ③ 言葉の置き換え

逆さ模写の苦行に耐え抜いたあなたなら、この作業をとても解放的に感じ

るでしょう！

　言葉の置き換えとはつまり、**模写した既存の歌詞の字脚に合わせ、あなたの言葉をはめ込んで新しい歌詞を創ることです。**
　文字数に制限があるので、楽勝とはいきませんが、逆さにするよりはそうとう楽しいと思います。
　もともとは明るい歌詞を暗い歌詞に。
　ロックの歌詞を演歌に、などなど。メロディーを無視した状態で作詞するので、意外に楽しめます。
　私は1日1作品、3ヵ月ほどつづけました。

　このSTEP3を終え、ほんとうの意味での自分の作品を書くときには、解放感にあふれ、書きたいことも山ほど溜まっているに違いありません。

これもトレーニング──藤圭子「圭子の夢は夜ひらく」のオマージュと言われている名曲に学ぶ

【翼の折れたエンジェル／中村あゆみ】

　有名ではありますが、中村あゆみさんの「翼の折れたエンジェル」は藤圭子さんの「圭子の夢は夜ひらく」のオマージュであるというお話をここで。これもまた歌詞を書く訓練につながると思うからです。
　真偽のほどはわかりませんが、オマージュだとしたら、とても参考になりますので、ネット等で歌詞を読んでみてください。
　ちなみにオマージュとは、「尊敬する作家や作品に影響を受けて、作品を創作すること」です。

　藤圭子さんといえば、宇多田ヒカルさんのお母様。残念なことに2013年夏に亡くなられましたが、昭和を代表する歌姫のおひとりでもありました。「圭子の夢は夜ひらく」が発売されたのは1970年。藤圭子さんの3枚目のシングルで、オリコンシングルチャートで10週連続1位を獲得する大ヒットとなった作品です。

　十五　十六　十七歳と、私の人生は暗かった、と歌われます。

　夜の世界に生きる女性の悲哀を描いた作品ですが、ここではストーリーを脇に置いておきましょう。
　一方、オマージュとされる「翼の折れたエンジェル」は

　　13でふたりは出会い、14で幼い心をかたむけて、あいつにあずけたのが

Fifteen
15、となっています。

　年齢を数えているのが同じなだけじゃないか、と思われるかもしれません。
　そうなんです。時代背景も使っているアイテムもまったく違います。共通点があるとすれば、どちらもあまりしあわせそうな女の子ではないというところ。
　そしてそれがこのオマージュのすごいところです。
　ぜんぜん似てないということは、独創性に優れているということですから。

　世の中には素晴らしい歌がたくさんあります。
　あ、このフレーズいいなと思ったら、自分の作品に昇華させるということもアリなんです。
　だからといって、そのまま使ってはいけませんよ。それはパクリです。
　こんな歌詞を書きたいなと思ったら、言葉の使い回しなどを真似してみるのもひとつのステップですし、相当な技量が必要ですが、こんなふうに素敵なオマージュを作ってみてもいいかもしれません。

実体験をまじえた特別講座 8▼
プロになるには

▼時代アンテナ

　プロの作品には必ず時代が反映されています。

　たとえそれが昭和チックな歌詞だとしても、それは作詞家なりプロデューサーが、その歌がその時代に必要だと判断したからです。

　そういった意味で、時代を感じる力はとても大切です。

　今、流行っているものはなにか？

　これから流行るものはなにか？

　みんなは何に苦しんでる？

　若者たちはどんな恋をしている？

　この時代に必要なものはなにか？などなど。

　常にアンテナを張っておく必要があります。

　歌を評価するのは聴いてくれる（今を生きている）人ですから、時代を抜きには語れません。ヒット曲とはつまり、その時代の人に受け入れられた歌なのです。

　最近はチャートの入れ替わりも激しいので、そういう意味では時代の"一瞬"に愛されれば、ヒットにつながる可能性もあるということかもしれませんが。

　そんな中で何十年の長きにわたり人々に愛されつづける歌もあります。本著でご紹介した80年代ヒット曲の多くが、時代も世代も越え歌われつづけているように、いつの時代も色あせない歌というものがあるのです。

　そんな楽曲に共通するのはやはり**テーマの普遍性**。時代が変わっても変わらない気持ちというのはぜったいにあって、親が子を心配する気持ち、初恋のドキドキ、失恋の悲しみなどはどんな時代であれ、同じなのです。

人生で一曲でもいいから、自分がこの世からいなくなっても人々に愛されるような歌が作れたら最高ですね。

時代アンテナはここに！
・新聞：出来事や事件、経済欄にも時代性がある
・ＣＭ：さまざまな調査を行なって制作されたＣＭには時代が詰まっている！
・ヒットチャート：作詞家を目指すなら当然ですね

▼老若男女に愛される歌

　80年代を引き合いに出しては申し訳ないのですが、当時は老若男女日本中の人が口ずさめる歌が多くありました。
　現在と比べ、音楽のジャンルやリリース数も少なかったですし、テレビもまだ一家に一台が普通。家族で一緒に音楽番組等を観ていたため、大人の歌、子供の歌関係なしに、ヒット曲はみんな歌えるのかもしれませんが。
　本著で例にあげた歌はまず、当時のおじいちゃんおばあちゃんから子供まで口ずさめたと思います。
　残念ながら最近は、いわゆる老若男女に愛される歌が出てこないなあと思っていたら、2013年、出ましたね！

【恋するフォーチュンクッキー／AKB48】

　ひさびさに日本国中の多くの人が口ずさんだ歌です。とにかくリズムが良く、誰でもノリやすい歌でした。中高年以上、いやお年寄りでも十分ノレましたもんね。しかも誰でも踊れる簡単な振り付け！「みんなで踊れる」というコンセプトで作られたそうですが、その狙い通り、全国のいろんな方たちが踊りに踊りました。
　では、歌詞はどうでしょう？

好きな人に振り向いてもらえそうにないと、フォーチューンクッキーで未来を占う女の子。

　いわゆる片想いの歌ですね。どこにでもいる女の子の、どこにでもある片想いを簡単な言葉でかわいく綴っています。
　片想いの女の子が、彼との未来を占う。これって昭和、ううんもっと昔からずっと変わらない女の子の心理。つまり、普遍性があるということです。
　さらに素敵だなぁと思うのは、この女の子が前向きであるということ。

　未来はそんなに悪くない。

　今日より明日、明日より明後日、運勢をもっと良くしよう！　いつか奇跡が起こるかもしれないと、ものすごーくポジティブに生きているんです。
　でも、これって恋に限らず、今のご時世、みなさん自分に言い聞かせたい言葉じゃないですか。
　なんだか先行き不安な時代に、未来はそんなに悪くないと笑顔で踊って歌えた曲。それが恋するフォーチュンクッキーです。
　どこにでもある片想いを歌いながら、きっちり時代をとらえている。だからこそ多くの人の共感を得られたのでしょう。老若男女に愛された理由もわかりますね。
　このヒットを見てもわかるように、特別な話じゃなくていいんです。**わりとよくある普通の話が、やっぱり心に響きます。**
　ただ、それをどう多くの人に伝わるように表現するかなのです。

▼売り込み

　プロになるにはまず「売り込みだ！」と言う人は多いです。
　もちろん、やってみる価値はありますので、やらないよりはやってみたほうがいいでしょう。
　ただ、これでプロの作詞家になれる確率は怖ろしいほど低いです。それを承知ではじめないと、無駄にがっかりすることになりますので気をつけて。

売り込みとはつまり、**レコード会社や音楽事務所に作品を送ること**ですね。この場合気をつけなければならないのが、宛名を「○○レコード御中」にしないことです。作品を見てもらいたいプロデューサーやディレクターの名前をあらかじめ調べたうえで、その人宛てに送ります。
　レコード会社ともなれば社員の数も相当数いるはずですから、ピンポイントの宛名のない郵便物は、放置されつづける可能性もあります。万が一、誰かが開いてくれたとしても、「あー、売り込みね」と、そのへんにまたポイです。
　あなたの大事な作品を迷子にしないためにも、**必ず××部　○○様とはっきりした宛名を入れましょう**。
　ＣＤのクレジットに、担当プロデューサーやディレクターの名前が書いていることもありますが、20年前の私は音楽業界のタウンページとも言える『Musicman』という本を購入し、この人だ！と思った人に片っ端から送りました。
　あ、でも**ひとつのレコード会社につきひとりがベスト**ですよ。まさかとは思いますが、「え？　お前のとこにも？　俺のところにも来てるよー」なんて展開になったら、誰でもいいんだなコイツと思われちゃいますから。

　不躾にも一方的に作品を送るのですから、送付前にそのプロデューサーやディレクターが制作した楽曲のことをちゃんと調べましょう。そのうえで、この人にはどの作品を送ればいいのかを考えましょう。好みもありますし、J-POPのプロデューサーに演歌の詞を送っても、適当に送ってきたと思われてしまい、あなたの真剣さが伝わりません。
　それからもうひとつ大事なこと。いくら自信作だからといって、何十作も送ってはダメですよ。**多くて5作品程度**にしておきましょう。分厚い封筒を見ただけでウンザリなんてことにならないように。
　たとえダメ元であっても、作品を送ったらやはり返事を待ってしまいますが、ほぼ何のリアクションもないと覚悟しておきましょう。

私の場合、たぶん50人近く送ったと思いますが、リアクションがあったのは2名の方。それでも周囲に奇跡だと言われたくらいです。どちらもプロへの道にはつながりませんでしたが、いい勉強をさせてもらいました。

▼仲間づくり

作詞の難点は、**それだけでは作品として成立しない**というところです。曲がつき、歌う人がいてやっと「歌」という完成品になる。作詞だけではどうにもならないんですね。

たとえば売り込みのとき、詞だけでなくちゃんと歌になったデモテープだったら、聴いてもらえる可能性が上がるんじゃないか？と考えたり。売り込みをつづける人はこういったジレンマに陥ることもあるでしょう。

プロになる気はなくても、自分の詞が「歌」になるだけでめちゃくちゃうれしいはずですよね。だって「歌」にするための歌詞ですから。なんとか形にしたい。そう思って当然です。

友人にたまたま作詞家を探しているバンドマンとか、歌手を目指している人などがいれば、そこに参加させてもらうのがいちばんいいのですが、そんな好環境にいる人は少ないでしょう。

私の場合は、当時受講していた通信講座に作曲コースやボーカルコースがあったので、作詞コースの人をはじめ、いろんな仲間ができました。そこでたまたま気が合ったり、作品を見せ合ったりして、「それいいじゃん！」的に歌になった作品もいくつかあったりして。

アマチュアの集団ではあったものの、とても楽しい時間を過ごさせていただきました。

作詞のような孤独な作業をつづけるうえで、仲間作りはとても大切です。

まず、相談相手になってくれます。音楽に興味がない人に作詞の悩みを相談しても「はあ？」という感じになるのは目に見えていますし。アドバイスをしあえる人がいるのはありがたいことです。

当時はインターネットもまだ普及してなかったので、スクールというつながりになりましたが、今ならミュージシャンを目指す人たちのコミュニティーサイトなどもありますし、もっと仲間を作りやすいはずです。

勇気を出して仲間作りをしてみませんか？

▼発表の場

あなたの詞が歌になったら、やっぱり誰かに聴いてもらいたいですよね。今は発表の場だってぐんと広がってます。

音楽配信サイト

動画サイトなどでの発表も可能ですし、インディーズ音楽配信サイト等で自作曲を無料配信したり、販売している人もいます。
　準備が整ったら、挑戦してみる価値はありそうですね。

作曲ソフト

いやいや、歌は作りたいけど、仲間作りなんて無理！という人もいると思います。そういう方は作曲ソフトを使ってみてはいかがでしょう？
　楽器を弾けなくても楽譜を読めなくても作曲ができるというスグレモノがたくさん出回っています。
　クオリティはやはり落ちるかもしれませんが、なかには無料ソフトなんてものもあるので、試しにちょっとやってみようかなぐらいの気持ちでいいんじゃないでしょうか。
　興味があったら「作曲ソフト」で検索してみてください。いっぱい出てきます。

コンテスト

発表の場としても、プロへの足掛かりとしてもやはりコンテストへの応募は外せません。
　公募情報誌なども貴重な情報源ですが、残念ながら作詞コンテストはあまり多くありません。
　レコード会社、また地方イベントの一環として自治体等が詞を募集することもあるので、情報アンテナを張り巡らせてください。
　こういった情報交換のためにも仲間がいたほうが心強いです。

コンテスト応募作品で気をつけること

　作詞修業時代、私もさんざんコンテストに応募しました。いくつか賞もいただきましたが、残念ながらここからデビューにはつながりませんでした。

　当時は、定期的にコンテストが行なわれている媒体があり、コンテスト開催期間中2年ほど、毎回欠かさず送り続けたこともあります。かなりの高確率で入賞をしていたからでしょうか、途中から下読みのバイトをさせていただくことになり、毎月送られてくる100～200作品を最終選考（審査員による選考）の20作品ぐらいに絞るという大役をまかせられました。

　このとき学んだことですが、**コンテスト作品はまず冒頭が勝負**です。最終選考まで残れば隅から隅までじっくり読んでもらえると思いますが、数百もある作品を数十に絞る段階では、冒頭で「おっ」と思わせたほうがだんぜん有利です。はじまりがおもしろければ、最後まで"おもしろいはず"という先入観が植え付けられるからです。もちろん、下読みであれ審査員であれ、公平にきちんと審査しようとしていると思います。ですが、やっぱり人の子ですから、最初につまんないなーと思えば、なんとなくつまんないベースで読んでしまうものです。最初に「お？」と思わせるためにも**出だしのフレーズ**には気を遣いましょう。

　だからといって、冒頭だけすごい！ではダメですよ。手を抜かず気を抜かず、最後の一文字まで気持ちを込めて。

　あっ、それから**原稿の美しさ**、これまた大事です。たぶん文字のバランス、漢字やひらがなの配分なども関係してくると思うのですが、パッと見てなんとなく綺麗だな、スタイルがいいなと感じる作品は不思議とおもしろいんです。

　綺麗な原稿を創るセンスのよさって、やっぱり作品にも表われるのだと思います。

あとがき

　ちょっとやってみたいな、私にもできるかな？と、この本を手に取られた人も多いと思います。
　だけど、どうですか？　作品が完成したら、その歌詞が歌になり世の中に流れ、誰かが口ずさんでくれることを夢見てしまいますよね。当然です。
　残念ながら私にはそんなヒット作がありませんが、まだあきらめたわけではありません。いつかきっと！　ひょっとしたら！　そんな気持ちでいつも準備をしています。
　準備とはなにかというと、いつ何時○○××な詞を書いて、と言われても「よろこんで！」と言える準備です。
　「なんだそれー」と呆れられるかもしれませんが、作詞家志望に限らず、小説家志望、脚本家志望でありながら、"書かない人"ってほんとうに多いんですよ。

　これはある大物作詞家さんから聞いたことですが、「作詞家になりたい！」と訊ねてくる若者がいる。「じゃあ、作品を見せて」というと、平気な顔で「まだ書いてません」と答える。「え？　どういうこと？」じゃないですか。これじゃレベル云々の前に、書けるか書けないかの判断すらできませんよね。だけど、こういう人ってとても多いそうです。
　書いたことはないけれど、自分が書けば名作が生まれるはずだと信じているんでしょう。それはそれで見習いたい自信ではありますが、普通そんなミラクルはありません。
　稀に詞を提供していたバンドが売れて、そのまま一緒にプロの道へ、という人もいますが、それはそれで書き続けているからこそ拓けた道です。

　私の話で恐縮ですが、20年近く前、作詞家になる！と決めて修業をしていたころに、作詞の通信講座の先生とお会いする機会があって尋ねたことがあります。若いうえに無謀でしたから。

「どうやったらプロになれますか？」

　やさしい先生の表情が一瞬で真顔に変わり、私にこう言いました。

「あきらめないこと」

　いまだに肝に銘じている言葉です。
　作詞修業からはじまり、雑誌ライター、そして放送作家と、細々とではありますが、"書く"仕事をつづけている間に、ひょんなことから作詞家デビュー。数えられるほどではありますが、大切だと思える作品を残すことができました。
　ほんとうに「今？」というタイミングでチャンスが訪れることがあるのです。だけど、それはやっぱりあきらめなかったからなんだなと思っています。

　もうひとつ私が大事にしているのは"**言霊**"です。
　作詞家になりたいなどという大それた夢は、わりとみんな隠しがちですよね。「無理無理」「ばっかじゃない？」と、否定されることが目に見えているから。だけど、そこはぜひ恥ずかしさを捨てて、「私は作詞家を目指している」、プロを目指してない方でも「作詞をしている」と公言してほしいのです。
　ちょっとぐらい馬鹿にされてもいいじゃないですか。こうすることで、聞いた人の心のどこかに「あの人は作詞をするんだ」というフックがかかります。
　万が一の可能性ではありますが、その人がどこかで作詞家を探しているバンドマンやアイドル志望の女の子と出会わないとも限りません。そのとき、あなたのことを思い浮かべてもらえれば万々歳です。
　100人に公言しておけば、可能性は100倍です。

実際私も最初のＣＤ化はこの言霊により叶いました。なので、いい年をして恥ずかしいと人様に笑われながらも、**やりたいことはやりたいと必ず言葉にするようにしています。**
　あなたも人から人へ伝わる言葉の力を信じてみてください。
　そしてぜひ書き続けてください。プロが目標でもそうじゃなくても。

著者………葉月けめこ（はづき・けめこ）
福岡県出身。放送作家、作詞家。テレビ・ラジオ番組の構成およびパーソナリティとして活躍するほか、作詞家としてインディーズ・アイドルユニットやミュージカルなどに作品を提供している。ヤマハの音楽通信講座「SeRe」主催コンテストにて優秀作詞賞、月刊歌謡曲「みんなの作詞コンテスト」ＭＶＰ、「ラジオ日本　第２回杉崎智介脚本賞」年間最優秀賞（2014年）、「青年海外協力隊創設50周年記念映画シナリオコンテスト」入賞（2013年）ほかの受賞歴がある。

イラスト………工藤六助
装丁……………山田英春
ＤＴＰ組版……勝澤節子
編集協力………田中はるか

言視BOOKS
いきなり作詞ができてしまう本！
発行日❖2015年4月30日　初版第1刷

著者
葉月けめこ

発行者
杉山尚次

発行所
株式会社言視舎
東京都千代田区富士見 2-2-2　〒102-0071
電話 03-3234-5997　FAX 03-3234-5957
http://www.s-pn.jp/

印刷・製本
モリモト印刷㈱

© Kemeko Hazuki, 2015, Printed in Japan
ISBN978-4-86565-018-1 C0373

言視舎の本

シナリオ教室シリーズ
どんなストーリーでも書けてしまう本
すべてのエンターテインメントの基礎になる創作システム

仲村みなみ著

978-4-905369-33-2

いきなりストーリーが湧き出す、ステップアップ発想法。どんなストーリーも4つのタイプに分類できる。このタイプを構成する要素に分解してしまえば、あとは簡単！　要素をオリジナルに置き換え、組み合わせるだけ。ドラマ、映画、舞台、マンガ…に活用できる。

Ａ５判並製　定価1600円＋税

言視舎版
「懐かしドラマ」が教えてくれる
シナリオの書き方

浅田直亮・仲村みなみ著

978-4-905369-66-0

"お気楽流"のノウハウで、8日間でシナリオが書けてしまう！60年代後半から2000年代までの名作ドラマがお手本。ステップ・アップ式で何をどう書けばいいのか具体的に指導。シナリオが書けてしまうワークシート付。

Ａ５判並製　定価1500円＋税

シナリオ教室シリーズ
いきなりドラマを面白くするシナリオ錬金術
ちょっとのコツでスラスラ書ける33のテクニック

浅田直亮著

978-4-905369-02-8

なかなかシナリオが面白くならない……才能がない？そんなことはありません、コツがちょっと足りないだけです。シナリオ・センターの人気講師がそのコツをずばり指導！　シナリオのコツ・技が見てわかるイラスト満載！

Ａ5判並製　定価1600円＋税

作家は教えてくれない小説のコツ
驚くほどきちんとかける技術

後木砂男著

978-4-905369-01-1

読む人より書きたい人が多い時代に待望の基本技術書。受賞への近道。だれも書かなかった小説のノウハウ、あっと驚くワザを、賞のウラのウラまで知り尽くした文学賞下読み人が教える。イラストによる絵解き解説で納得。

Ａ5判並製　定価1500円＋税

「大人の歌謡曲」公式ガイドブック
Age Free Musicの楽しみ方

富澤一誠著

978-4-905369-90-5

あの頃がよみがえる、心の深部にふれる全90曲を完全解説。聴けばもっと知りたくなる、読めば必ず聴きたくなる。なぜヒットしたのか？その謎を著者だけが知るメイキング話、音楽性、時代性、マーケティングなど、様々な角度から解き明かす。

Ａ５判並製　定価1800円＋税